U0640484

大中国

旅途

时磊英 ◎ 著

三环出版社
SANHUAN PUBLISHING HOUSE

图书在版编目（CIP）数据

旅途 / 时磊英著. —— 海口：三环出版社（海南）有限公司，2024. 9. —— （大美中国）. —— ISBN 978-7-80773-298-3

Ⅰ. I267

中国国家版本馆 CIP 数据核字第 2024AC8949 号

大美中国　旅途

DAMEI ZHONGGUO　LÜTU

著　　者	时磊英
责任编辑	劳如兰
责任校对	华传通
装帧设计	吕宜昌
出版发行	三环出版社（海口市金盘开发区建设三横路 2 号）
	邮　编 570216　邮　箱 sanhuanbook@163.com
社　　长	王景霞　总 编 辑 张秋林
印刷装订	三河市同力彩印有限公司
书　　号	ISBN 978-7-80773-298-3
印　　张	13
字　　数	150 千字
版　　次	2024 年 9 月第 1 版
印　　次	2024 年 9 月第 1 次印刷
开　　本	690 mm × 960 mm　1/16
定　　价	68.00 元

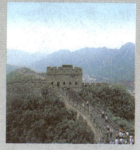
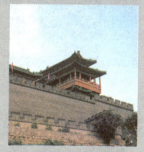

旅　途 目录
Contents

走近张家界

———

　　雾霭缥缈，如幻如梦，笼罩着三千巍峨雄峰，缠绕着浓郁茂密的森林。人在酣睡，山在酣睡，雾却醒着，缭绕弥漫于山峦之间，赶在太阳升起之前，迷蒙山之空灵，浸润林之苍翠，陡添峰之神秘。

◎邹爱武 摄

◎ 邹爱武 摄

◎ 王勤 摄

◎邹爱武　摄

　　曙色喷薄的朝晖，似万把利剑直戳雾的妖娆，雾知趣地隐藏起妩媚，收敛起缭绕，隐匿于山林。苍茫的山脉和叠峦的群峰此刻便带着绿色的韵律，沐浴着清晨的阳光，开始谱写新一天的篇章。

一

　　奇峰三千，保持着头角峥嵘的独立，瘦骨嶙峋，巍峨挺拔，危崖崩壁，诸多山峰都拒绝了从猿到人的一切足迹。

　　目光一点点掠过诸峰，但见那似物、似鸟、似兽、似人……形态各异，浑然天成，让人不得不感叹大自然的鬼斧神工，天机独运。

　　秀美的群山带着历史的沧桑，从亘古的烟雨中踏浪而来，站在鲜活的大地上，用植骨的脊梁，担起历史的重任，用灵魂紧贴大地，堆垒起千百年的秀色，如一帧精美的山水长卷，留下了真实镜头中纯天然的一笔，装点着张家界无垠的美丽，甲天下山水……

三

　　漫步曲径通幽、空气宜人的林间小道，攀登气势磅礴、云雾缭绕的奇峰异石，泛舟山水一色、水波荡漾的高峡平湖，在张家界读树亦是一种乐趣和享受。然而，要读懂这些树却又是那么地不容易。

　　仰望那峭壁千仞上气势磅礴的座座翠峰，无不对那里的绿树

发出感慨，每尺瘠土，必定有苍松或翠柏，亭亭笑傲人寰。

山峰巅、石缝中、绝壁上那一株株苍翠多姿、刚劲挺拔的树，当初也许是随风吹落的一粒树种，也许是飞鸟嘴里遗落的一根枝条。栖身之地没有植根的土壤，没有浇灌的渠水，也没有生长的养分。在阳光的沐浴下，在雨水的冲刷中，依然挺起绿色的脊梁，伸展出碧绿的枝杈，尽情地为大自然铺展一片又一片浓郁的绿色。

四

山溪间潺潺的流泉，抖动着清澈如玉的涟漪，闪烁着淙淙嬉戏追逐的浪花，用优美的音符，弹奏着大自然的心曲，唱响了清澈碧澄的歌谣。

　　每一朵浪花，每一滴秀水，都清澈澄明，折射着粼粼波光。碧水含秀，映照着群峰的苍茫。

　　山映照在水里，水流淌在画中，如同一幅浑然天成的山水长卷，在大自然里灵动着真实的美感，让人无不感叹大自然泼墨的神奇。

五

　　天子山用一只长长的铁手臂，托起南来北往的游客，把岁月尘封在天子山的记忆、动人楚楚的故事、迢迢绵绵的爱和如诗如画的秀美，毫无保留地让游客一页页地翻阅，一章章地吟诵，一篇篇地品读……

　　群猴的嬉戏，筒车的旋转，鸟儿的鸣叫，土家姑娘的歌声，

烟雨中动人缭绕的故事……天子山多彩多姿的旖旎，无不激起游客无限的眷恋，唤起游客无穷的回味。

多情的天子山索道，你这大山的长臂，把张家界"一山有四季，十里不同天"的神奇于幻梦的烟雨中，雕琢成大自然的千古杰作，定格在游人的记忆里。

六

张家界，你是一部真正的自然大书，一部人与自然生息的经典，用山之巍峨、林之苍翠拂去人的浮躁，净化人的灵魂，让人百读不厌。

仰望张家界绿色的向往和高洁，会让你感觉到，张家界是一个没有喧嚣和尘埃的世界，是一个没有失望和欺骗的世界，是一个没有俗气和冷漠的世界。品读张家界的博大精深与宽容厚重，你会感觉到生命、灵魂、情感和憧憬的神圣与温馨。

张家界，走近你，就走进了神圣的灵魂净地。

斑驳的官路正街

一

　　一夜的绵绵秋雨之后，空气格外清新。我和三个女同事挽着这雨后的清新，跟随旅游团来到江西省上饶市婺源县江湾镇汪口村的官路正街，在婺源这"中国最美乡村"的街道上，聆听历史的回音在空中回旋。

　　汪口古村落，由宋朝议大夫（正三品）俞杲于大观年间始建，距今有900多年的历史。因其位于江湾水（正东水）与段莘水（东北水）的汇合处，村前碧水汪汪，川流不息，故名汪口。该村地处丘陵地带，青山环抱，绿水依流，环境幽美，景色宜人，有诗云："鸟语鸡鸣传境外，水光山色入阁中。"

官路正街是汪口村的主街道。它是沿河而下的一条弯月形的千年古街，全长约670米，地面全由青石板铺就，街道两旁商铺林立。全村340余幢古民居中，有150余户依然立在街面上，可谓是原汁原味的"老街"。这条街是徽商经商出入的码头，是古埠经济活动的主要舞台。想必当年这里定是终日车水马龙、人声鼎沸，热闹非凡。以今日遗存的空寂古街巷来看，虽然是古街在、古巷在、古屋在，好似一切都尚风韵犹存，却也不乏千帆过尽、商人远去的寂寥和空虚，不过，这倒让人沉浸在一种安然恬淡的寂静里。

官路正街像千手观音似的向左右两旁各伸出了18条胳臂，这就是分列于古街两侧的18条古巷。这一条条古巷，呈南北走向，长则百米，短则几十米，深嵌在高高的山墙和翘起的屋檐之下，围绕着古老的宅院蜿蜒而行，默默地躺卧在陈垣旧堞之下，像似深埋在衰老肌肤之下的血管，掩着一股莫名的苍凉之气。斑斑的苔藓从砖缝里冒出，在古巷的墙壁上涂抹上一层暗绿，在时光深处无声无息地蔓延。中午的阳光照射着空寂的小巷，生长在砖缝里的小草随风摇曳着，柔柔的，宛若怀春的少女，满怀激情而又羞涩地等待那抹匆匆而过的阳光的亲吻。游客们纷乱杂沓的喧嚣打破了这古街巷的平静，却也给这沉寂下来的古街巷带来了人气、生机和活力。

二

　　远远望去，汪口村的一幢幢青砖马头墙式的老房子，粉墙黛瓦，色泽朴素淡雅，黑白相间，掩映在青山绿水之中，点缀于修篁古树丛林，别有一番诗情画意的同时，却也不乏莲的气节——"只可远观，而不可亵玩焉"。这种徽州民居的内部世界不仅被"五岳朝天"的高大的马头墙给挡住了，而且，其平面布局也依小小的天井呈"凹"字形、"口"字形、"日"字形。这三种布局，无论是哪一种，都是把人关闭起来，与外界隔开。当初徽州的老祖宗们设计出这种房子，不是为了住着舒服，而是为了封闭自己，为了富不外露，财不外流。

　　歌德说：建筑是凝固的音乐。它是一种特殊的文化符号，是当地历史和地域文化的物化。我们在感叹汪口村这"聚落群"的老房子保存得如此完整的同时，对它所展示出的乡村人心灵深处的"古典美"更是惊叹不已。它的"乡村"风格依旧，环境幽美和谐，保存完整无缺。从这个意义上讲，这里不愧能担得起"中国最美乡村"的雅号。

　　踏着湿漉漉的青石板路，行走在阡陌纵横的窄窄古街巷里，抬头仰望着那些青灰色的路牌，还有墙上那些关于曲折巷子的来历传说，饶有兴趣地解读着这条古街巷的神秘。鱼塘巷、水碓巷、祠堂巷、酒坊巷、油榨巷、夜光巷、赌坊巷、汪家巷、余家巷……单单是这些古巷子的名字，就足以让人兴趣盎然。蓦然回首，恍惚间时光已逆转千百年，仿若看到时光深处的人们，在古

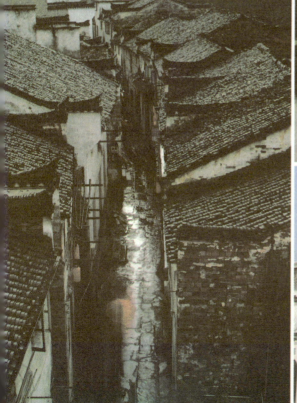

◎ 和庄 摄

巷子里纵情地或赌钱、或纵酒、或闻烟柳，一个个激情昂扬，兴致勃勃，整条古街都处在亢奋之中，处处弥漫着凡俗气息，喧嚣杂沓，热闹非凡。每一个巷子都有每一个巷子的故事，每一个巷子都有每一个巷子的传说，每一个巷子都有每一个巷子的精彩……这里有世袭的风俗，这里有历史的点染，这里有祖传的珍宝，大自然的风韵灵秀也造就了它人杰地灵的地域文化。每一个老宅子都一代又一代地在那里演绎生命的故事，每一块古牌匾下都隐藏着一个又一个的美丽传说。在这青石板铺地的古巷中，随便听某一位老人给你讲一讲自己祖上的传说，或是让你有幸一睹谁家的祖传之宝，都会令你在几许神秘、几许幻想中感受一份超然的恋古情怀。

秋雨绵绵的季节，撑起一把油纸伞，行走在烟雨蒙蒙的寂寥雨巷里，会让你情不自禁地怀想起初恋时的万千情结。漫步在这

悠长而又寂寥的雨巷，惆怅不由得就像这寂寥古巷中的雨雾一样弥漫在心头，久违而模糊的记忆，也在这秋雨的漂洗里，渐渐变得清晰而明朗起来，粗粝的情感也随之变得细腻起来。此时，倘若古巷里有一扇大门倏然打开，走出一个打着油纸伞的有着颀长身影的姑娘，此情此景，会让你蓦然联想到——她就是戴望舒《雨巷》中那个撑着油纸伞，行走在悠长而又寂寥的雨巷里的丁香姑娘，让你油然而生出许多美丽的遐想，情不自禁地吟诵："结着愁怨的姑娘 / 她是有 / 丁香一样的颜色 / 丁香一样的芬芳 / 丁香一样的忧愁 / 在雨中哀怨 / 哀怨又彷徨 / 她彷徨在这寂寥的雨巷……"

沿街由西向东漫行，你会看到"一经堂""懋德堂""大夫第""养源书屋"等名宅古屋，它们面对那些鳞次栉比的高楼大厦的挑战，收起曾经的辉煌，在时光里沉默着，静静地书写着属于自己的历史。

三

经由官路正街南侧的任何一条古巷，你都可以信步到永川溪的水边，直达溪下埠头。据说，1960年以前，婺源东部不通车，还是"舟通至此"的。小小的汪口成了一个大大的码头，靠河的人家临窗而望，河滩上常有百十号商船。官路正街小巷里的喧闹

与繁华，绝不亚于明清时徽州府歙县的渔梁古镇。

永川溪又称永川河。它打破了"一江春水向东流"的铁的定律，川流不息的东水西流唱响了碧水汪汪的歌谣，沿着村落南侧浩浩荡荡而去，堪称一大奇观，是徽商心底淙淙不息的"倒淌河"。

永川河内，河水湍急，碧水汪汪，清澈晶莹。水底的卵石、游鱼历历可见，一望便知深浅，像是天真烂漫、纯洁无邪的少女，这里至今还尚有女子在河里洗衣洗菜的乡间美景。轻轻撩动水波，你便会随之撩动情思，想情不自禁地跳入水中嬉戏，一任潺潺流水温温软软地吻遍你的全身，闭上眼睛享受遐思无限……

隔河眺望秋天的山林，充斥着双眼的是绿色、黄色、橘色、红色、蓝色、白色……即使是同一种颜色，也有深的浅的，浓的淡的，有纯色的，也有杂色的……错落有致的古民居镶嵌在其间，依然是黑白相间，透露着古朴典雅的美韵。林间小道上的游人若隐若现，甚为神秘。此时，林间隐隐约约地传出悦耳的古琴声。古琴声掠过河流，传入我的耳膜，拽着我的思维驰骋，令我的思绪插上了想象的翅膀——在这依山傍水的山林间隙里，一位清秀俊美的女子正潜心静气地俯身古琴，旁若无人地一曲接一曲地弹奏，让悠悠的琴声诉说着自己的情思；抑或是一位或多位鹤发老者身着洁白柔软的丝绸衣衫，随着播放着的悠悠古琴声，在林间的空地上，全神贯注地练着太极或是其他健身的武术或体操，让生命在运动里尽情舒展……

望着永川河上撑竿的竹筏、漂泊的船只，循着导游的讲解，思维在时光里流转，仿若看见那个繁忙的码头上，那些或光着脊背或穿着短衫的男子，在烟雨迷蒙里挥洒着交织的汗水和雨水，艰辛地或扛或背着沉重的货物，在通往码头和巷子间的人流中往返穿梭。楼阁间，撑开窗框的老板娘提高了嗓音，催促着那些做苦力的人的脚步。还有那春心萌动的少女，身穿碎花布衫，轻倚窗框，双手不经意地摆弄着系着红头绳的辫梢，羞涩地窥视着窗外，柔软的目光在涌动的人潮里搜寻着，打捞着那个能让她蓦然心动的白马王子，好让他带着自己的目光穿梭奔忙。或许她不知道，正是她这羞涩的眺望，在这古街的时空里，凝成了一种优美极致的风景，玲珑成了一帧情意绵绵的思春图，婉约成了一阕风花雪月的诗行。

坐在竹筏上，白发老人撑一支长竿，轻轻一点，熟稔地拨弄着河水，让竹筏载着我们悠悠然然地溯流而上，望着这悠悠河水，以及河南岸的巍巍青山，《闪闪的红星》的插曲改编成的《小小竹排江中游》那激情昂扬的音乐顿然在心头回放："小小竹排江中游，巍巍青山两岸走，雄鹰展翅飞，哪怕风雨骤，革命重担挑肩上，党的教导记心头……"这里是战斗片《闪闪的红星》里的少年英雄潘冬子的故乡，这里是点燃革命圣火的圣地，这里是哺育中华优秀儿女的摇篮……

思维再一次循着导游的讲解游弋，我仿若置身于汪口的春天里，置身于油菜花与映山红绽放的花海里。金黄浓烈的油菜花热热闹闹地赶着季节，绽放在山坡上、古宅旁、小溪边，蔓延成一片金色的海洋，把整条官路正街的天地都映得金光灿烂，形成游客们追逐的一道亮丽风景。《闪闪的红星》中的"若要盼得啊红军来，岭上开遍映山红……"赞美的就是映山红的美景。沿河两岸的映山红，有的是星星点点，有的是红红的一片，如同跳动的火焰，让人看着看着，就不由得热血喷涌，情欲燃烧。这红红

黄黄的色彩绽放在春天里，倒映在春水中，分布在青砖黛瓦与青山绿水间，婉约成一帧诗意的画卷。想象拽着我的思维与竹筏一道悠悠前行，半空中一团团熊熊燃烧的火焰蓦然间擦亮了我的双眸，把我从春天的虚幻里拉回到秋天的现实。

河边的枫树站在秋日的枝头，点燃了自身的火把，把天空映得一片火红，给斑驳的古街涂上一层神秘的色彩。望着这枫树烈烈的火焰在空中纵情燃烧，再一次感觉画家吴冠中所说的"丹青施尽未够红"不是夸张，唐代诗人杜牧所说的"霜叶红于二月花"更非妄语。

这条徽商心底的"倒淌河"悠悠流淌，曾经牵动了文成公主的九曲回肠，引下了无数游子的簌簌清泪，从而蜚声海内外。在明清两代，这里商贾云集，素有"草鞋码头"之称，是徽商走出大山的出口。如今，永川溪水路运输的功能早已退出了历史的舞台。

四

在官路正街的东段北侧，你会发现一座"五凤门楼"，这便是俞氏宗祠。俞氏宗祠始建于清代乾隆年间，距今已有260多年的历史。俞氏宗祠占地1000多平方米，由山门、享堂、后寝组成。建筑为清代中轴歇山式。气势宏伟，布局严谨，工艺精巧，风格独特，被古建筑专家誉为"艺术宝库"，是江西省重点文物保护单位，更是俞姓家族的骄傲。

俞氏宗祠首进五间，中进三间，后进还有五间，靠70根柱子支撑。地面、天池、台阶全由青石板铺就，规模宏大。整个祠堂以细腻的雕刻工艺见长，凡梁柱、斗拱、脊吻、檐椽、驼峰、雀替等处均巧琢雕饰，有浅雕、深雕、圆雕、透雕等多种形式雕刻的龙凤麒麟、松鹤柏鹿、水榭楼台、人物戏文、飞禽走兽、兰草花卉等精美图案百余组。雕工精巧、图案精美，鸟兽人物，呼之欲出；渔樵耕读，形态逼真。俞氏宗祠虽然在"文化大革命"中历经劫难，但绝大部分雕刻却依然保存完好，堪称"艺术殿堂"与"艺术宝库"。

"五凤门楼"在宫廷建筑中较为常见，而在民间却很少见。这是由于村中曾有一文人，名叫俞杲，字心远。因此人曾担任过太子的老师，故而朝廷特批了俞氏宗祠可以将山门建成"五凤门楼"。我们所看到的两面木鼓，俗称"抱鼓石"，学名"避面"。它的作用不仅是装饰，还有一种很有意思的说法：婺源十分盛行朱子之理，进出祠堂时，辈分低的人遇见辈分高的人要行礼，但也有这样的情况出现，那就是胡子一大把而辈分却又很低的人遇见辈分比他高而年纪比他小的人，此时他就可以躲入"避面"之后回避一下，所以民间又将避面称为"遮羞鼓"。从侧门进入后，院子里面左右两侧的花园里各有一棵百年桂树。每逢"八月枝头开黄花"的季节，左边的银桂，开出白色的桂花；右边的金桂，开出黄色的桂花。满树或金黄、或银白的细小的花儿绽放在季节的枝头，馥郁的芳香沁人心脾，袭人心怀，让整条古街都氤氲在这"无风自有香味来"的香韵里。

俞氏宗祠尽管有专人管理，却也不难发现，不少的地方都已结出了隐隐的蛛网。这些蛛网连同俞氏宗祠一起，在时间的纵深处荒芜着、腐朽着，演变成为一种历史。

五

　　官路正街由层层叠翠的山林包围，由碧水汪汪的永川溪簇拥，由蜿蜒的青石板路铺垫……这种典型的小桥、流水、人家的乡间美景，在古朴淡雅、安静祥和的氛围里，宛若一帧天然的水墨画卷，优美而雅致，犹如陶渊明笔下的"世外桃源"穿越了时空，生动而真实地重现在人们眼前，让人心情豁然开朗。这官路正街虽然无法与江南的周庄、西塘，黟县的宏村、西递，歙县的棠樾、唐模相媲美，但它依山傍水的"环境美"和完整无缺的"整体美"却是那些地方所无法相比的。

　　静静地观赏着这斑驳的官路正街，蓦然想起宋代词人曹组的一阕名为《相思会》的词，后半段这样写道："粗衣淡饭，赢取暖和饱。住个宅儿，只要不大不小。常教洁净，不种闲花草。据见定、乐平生，便是神仙了。"词中所谓的"据见定"，便是说人只要根据实际情况，随遇而安、淡泊人生便是神仙的日子。他所描述的这种闲适的生活，正是官路正街人"闲云野鹤"生活的写照，也是诱发城里人旅居山乡，用"心"去做深呼吸的动因。对照古人的淡泊，不难发现，其实这种"闲云野鹤"的生活正是我们所寻寻觅觅的生活方式，这斑驳的官路正街正是我们所孜孜以求的"世外桃源"，它所保留的生活方式和生存状态，是我们，也是我们的祖先曾经拥有的。但是，随着社会的进步、生产力的发展，在当今"城中村改造"和"小城镇开发"成风的大旗拉动之下，在一幢幢耸入云端的林立高楼的挤压之下，正与我们渐行渐远，

或者已经消失，令我们怀念，令我们追忆，更令我们向往。

官路正街在保留着古典美的同时，在现代化的冲击之下，也给人一种孤零零的残存感。当某一户人家赚了钱，扒掉了曾让游客心动的徽派旧屋，盖上了现代化的小洋楼。但这在旅客们看来却是大煞风景。而在当地人看来，这幢半土半洋的小楼却是鹤立鸡群，于是，往往是一家领头，百家效仿。渐渐地，青砖黛瓦马头墙不见了，天井、封火墙没有了，古村落的韵味消失了，徽派风格不复存在了……于是，青山绿水叠映的徽派山乡的"和谐感"被彻底破坏了，乡村与城市同化了，对游客眼球的吸引力也就丧失了。

六

21世纪的皮鞋或运动鞋踏在千年古街的青石板路上，踏响的不全是历史的回音。这取决于历史对现实的触动，以及我们对历

史的兴趣。透过历史的烟云，沿着光滑的青石板路寻觅商贾的足
迹，在粉墙黛瓦的古屋前倾听岁月的诉说，我们仿佛看到了古人
走下码头，肩挑背扛着货物云集于此，那些来来往往的身影好似
穿越了时空，与我们接踵擦肩，与我们握手言欢。

　　"商铺"的青砖倾听着历史的回音，把记忆刻进斑驳的墙体；

黛瓦摇曳着苔藓和瓦上
草的日子，梳理着一寸
寸的光阴故事。岁月的
辙痕早已碾碎了古街的
青石板，街身也早已凹
陷，一如老人干瘪的
脸，五官歪斜。但那些
鳞次栉比的徽派商铺，
依然用青砖黛瓦顽强地
支撑着，关闭了历史的
嘴角，默守着心中的千

言万语，续写着历史的风韵。

我们在历史的长吟短叹里，在古街上流连，昔日琳琅满目的商铺早已隐退了曾经的繁荣。如今，大多"商铺"都以"铁将军"把守，把曾经繁荣的历史和那一串串长长的故事一并锁在大门里，锁在光阴里。一些敞开着门的"商铺"，里面条状的木地板已磨得光滑而凹陷，折射着岁月的沧桑；古屋内摆放着的冰箱、彩电、空调、音响、电脑等现代化家电与古屋格格不入，以现代的时尚挑战着古老的历史；古屋里传出的爱死爱活的流行音乐，在古街上招摇回荡，羞愧得传统历史面红耳赤，低头不语；石板路上往来穿梭的汽车、电瓶车、摩托车、自行车等留下的斑驳车辙和油迹，渐渐覆盖着木质独轮车的辙痕；街上一些身着时装来回穿梭的女子，抑或是一些在"商铺"门口玩着扑克或麻将的女人，颠覆了女人足不出户、古街不见女人身影的历史……整条古街都兴奋在趾高气扬的时尚之中，让历史无奈地低下了头，闭目养起神来。

行走在斑驳的官路正街，秋风拂面，把天空托到最高处，同样也把我的心擦拭得像蓝天一样空灵而高远。拨去烦冗，该留下的依然坚守着固有的姿态，该消失的默默地让时光淡漠着，一切都那么从容……

（本文图片除有两幅标明摄影师的之外，均由婺源县旅游委提供）

青年湖四季之美

     青年湖像一块碧玉，镶嵌在菏泽城的西南部。她是菏泽城的眼睛，透出了菏泽城的风韵。翻开青年湖的历史：她是由历史上筑城取土而形成的，现存 150 余亩水面。经过 1978 年以来的几次施工，现已建起小码头、佳景亭、湖心桥等一批基础设施和景观。一道石拱桥与湖中的凉亭相映成趣。拱桥与广福街的柏油大道把青年湖分成西、中、东三个部分。湖西边的部分水域面积最大；湖东边的部分水域面积最小，但夏日满湖的碧荷却为青年湖增添了无限生机。青年湖环境清幽，南、西两面，有环城公园和护城堤环护，绿树掩映，风景宜人，吸引了不少游人。曾有诗人

赞叹:"莫道曹州无山水,青年湖上景阑干。"

素有花乡水邑之名、誉有"中国牡丹城"之称的菏泽城,原来的老城区纵有七十二塘,后来都渐渐被盖房所需的人填平。如今只剩下青年湖以它独有的宽阔胸怀和姿态,展示着她的四季之美,同时也默默地承揽着菏泽城雨季排水的重大使命。

春

春天的青年湖是一幅画。她以春风为笔,春水调墨,绘制出一幅春湖的绝美画卷。

当迎春花带来了春天的气息,湖面上的冰在季节里渐渐消融。岸边的垂柳摇曳着婀娜的腰肢,抽出鹅黄,再向绿渐渐蔓延着随风舞动春天的旋律。那随风而舞的枝条,宛若少女飘逸的长

◎ 杨青雷 摄

发，曼妙地倒映在水里，仿若一帧天然的水墨画卷，秀美了青年湖的春天。

春风如同一个俏皮的小姑娘，她边走边舞，舞动的脚步，踏碎了平静的湖面。她一路欢笑，一路把满湖的碧水朝一个方向赶动着粼粼波光，用春风戏水的柔情，唱响了碧波春水的歌谣。

在冰下沉游了一冬的小鱼儿，欢快地浮到水面嬉戏，时不时地吐着悠悠的气泡，跃出水面，一边张望着春天，一边体会着水外的呼吸。

南来的春燕呢喃着，轻盈地扇动着剪刀般的翅膀，贴近水面飞翔，时不时地望着自己映在水中的倒影，顽皮地掠过水面，在湖的腹地画起一道优美的弧线。

夏

夏日的青年湖是一首诗。她用"接天莲叶无穷碧，映日荷花别样红"的情韵作为诗的平仄韵脚。

那在荷尖上立了千年的蜻蜓，此时又立在荷花的花蕾之上，让人忍不住随古人一起感叹"小荷才露尖尖角，早有蜻蜓立上头"的诗情画意，感叹青年湖夏日美不胜收的美丽。

荷丛中、荷叶下，偶尔有鱼蛙跃出水面，荡起圈圈涟漪。涟漪如同颤音般地扩散开来，荡漾着碧荷，荡起一湖的诗情画意，平添了夏湖的灵动之美。

殊不知这荷叶田田、荷花朵朵的灿然，愉悦了多少人的心情，装点了多少人的梦境，引来了多少人用相机把这美不胜收的

◎ 邹爱武 摄

◎ 邹爱武 摄

◎ 宋晓 摄

画面定格成永恒。

　　酝酿了一春的盈盈湖水在阳光的照射下，波光潋滟，像是给湖面铺了一层闪闪发光的碎银，又像是被揉皱了的绿绸缎，这夏日独有的美轮美奂，如同让人于恍惚间不小心坠入了仙境。

　　夏季是个多雨的季节，风雨雷电挟裹着青年湖，她总是微笑着接纳它们，再造它们，把它们锤炼成一种风景。

　　大点大点的雨滴滴落在湖面上，溅起朵朵水花，激起无数的

水泡，荡起一圈圈的涟漪，优美的动感交织在一起，汇成如诗如画的美丽。

秋

　　秋日的青年湖是一首歌。她用一碧秋水弹奏起秋湖的旋律，吟唱一曲优美的秋湖之歌。

　　秋风萧瑟，染黄了垂柳的衣衫，片片黄叶在秋风寒霜的催促之下，无奈地离开枝头，凄凄然地旋转着飘零，悠悠然地落到湖面的粼粼波光之上，如同点点的彩帆，装点着秋湖的烂漫。

　　红火了一夏的荷田，经过秋风和霜冻的摧残，退却了红花绿

叶的所有鲜艳，换来颓废的褐色与枯萎，可它依然用"出淤泥而不染，濯清涟而不妖"的气节，高举着一柄柄荷茎。殷实的莲蓬压弯了莲茎，秋风吹动，枯荷随风摇曳而舞，没有幽怨，没有哀伤，欣慰着自己已将秋实孕育在淤泥之中。

湖岸的寂寞滩头上，芦苇脱掉了夏日的青葱绿衫，换上了金黄的外套，抖落掉肩头的光阴和鸟鸣，用一头白发舞动秋风。此情此景，让人禁不住想起《诗经》的《蒹葭》里"蒹葭苍苍，白露为霜"的千古风情。

冬

冬天的青年湖是一支舞。她用冰雪纯洁的主旋律舞出了青年湖的冬韵之美。

雪是冬天的精灵。未结冰的青年湖用恬静迎接飘舞的雪花，欣欣然将她揽之入怀，悠悠然将她融入其中。随着雪越下越大，雪花漂白了湖岸，用纯洁的白色圈起一汪碧水，给人以童话般的纯美遐想。

在飘雪的日子，依然有钟情的垂钓者岿然不动地坐在湖岸边，让飞雪把自己塑成一尊晶莹的雕像，营造出一种真切的"孤

© 侯延昌 摄

舟蓑笠翁，独钓寒江雪"的意境。

冰冻三尺的日子，湖面如同一面冰雕的镜子，远远望去白茫茫的一片，在阳光下闪着清冷的寒光。此时的青年湖便成了孩子们的天然溜冰场，他们在冰湖上或单独或结伴地旋舞着轻盈的身姿。虽然是冰天雪地的时节，但他们却用狂欢温暖着冰上的日子，在冰湖上书写着温馨而美好的童年。

青年湖以饱经风霜的淡泊将一切芜杂和丑恶净化为灵光，用最原始、最质朴的感情感动着我们。在她温暖的怀抱里，我以一颗小水珠的方式聆听着她柔美的旋律，心也随之律动。在青年湖的歌谣里，总有一个音符是我跳动的心音。

青年湖已融入了我恒久的记忆。

长城雄风

"横空出世，莽昆仑。"两千多年前，一条土石之躯的巨龙蜿蜒在中华大地上，她纵横交错着跨高山、越险峰、穿草原、过沙漠，绵延十万余里。她就是体现中华民族伟大创造力、凝聚民族精神的万里长城。

小时候听奶奶讲孟姜女哭长城的传说故事，长城便在我幼小的心灵深处蒙上了一层神秘的面纱。语文和历史课本中介绍的万里长城，让我对长城倍感神圣的同时，又对她平添了一份向往，梦想有朝一日我能一如国内外千百万朝圣者一样登上万里长城——亲眼目睹她

◎ 邹爱武 摄

◎ 邹爱武 摄

气势磅礴的雄姿，亲手触摸构筑她秦砖的体温，亲耳聆听她上面刮过的风声和历史的回音。

八达岭长城位于北京市延庆区军都山关沟古道北口。她是中国古代伟大的防御工程——万里长城的重要组成部分，是明长城的精华，也是明长城向游人开放最早的地段。八达岭景区以八达岭长城为主，兴建了八达岭饭店和由江泽民亲笔题名的中国长城博物馆等功能齐全的现代化旅游服务设施。景区以其宏伟的景观、完善的设施和深厚的文化历史内涵而著称于世。

2007年，五一期间，我第一次随旅游团去游览八达岭长城，远远地望去，长城如同巨龙一般，蜿蜒曲折。她巧妙地利用山脉与河流等自然条件构建成宏伟格局，那高大而坚固的城墙，那分布着的百万雄关、隘口，那密布的烽火台，那打破了城墙整齐划一的单调感的布局……整体看来，长城俨然是一件雄奇险峻、魅力非凡的艺术品，让人心潮汹涌澎湃的同时，更让人惊叹人类创造自然和改造自然的非凡能力！

当我站在高高的长城之上的时候，望着悠悠蓝天下，蜿蜒曲折的长城宛若一条昂首摆尾的巨龙，飞腾在延绵起伏的奇峰峻岭之间，掩映在此起彼伏的绿浪之中。燕山山脉被云海环绕，远处的烽火台时隐时现，波光粼粼的密云水库宛若一面明镜，镶嵌在崇山峻岭之间，十三陵古墓群华贵的建筑林立在古人葬身的风水宝地。一座座炮楼迎风矗立，仿若严阵以待的百万将士威严挺立。时值暮春绿意浓浓的季节，绿树丛丛，各色的房子杂然其中，掩映如画，好一派千姿百态的旖旎风光。

站在长城垛口凝目四望，燕山山脉比其他名山更具几分绮丽——一座座山峰，有的峰峦叠翠，崎岖连绵，如群龙腾舞，似

◎ 王 勤 　摄

波涛澎湃；有的奇峰突兀，怪石林立，直指苍穹；有的壁立千仞，独傲群峰，云缠雾绕，宛若美丽少女亭亭玉立于缥缈的迷离之中……再看看那些山石吧——有的宛若层层叠叠的鳞片嵌入其中，或白或黑，或褐或灰，光彩闪烁；有的晶光闪亮，美观坚实；有的叠翠擎天，云蒸霞蔚；有的断崖千尺，奇异嶙峋……千姿百态的嶙峋怪石奇趣无穷，让人无不感叹大自然的鬼斧神工，天机独运。

　　目睹着八达岭长城内外的波澜壮阔与诗情画意，我心潮澎湃，悠然陶醉在这风景秀丽的自然画卷里。虽然明明知道：自己置身长城，就仿若一粒小小的微尘一样微不足道。但是，当我抱住长城垛口的那一刻，仿佛一下子就没有了尘世所有的落寞和烦恼，自己俨然变成了一块厚实的青砖，融入了长城，融入了这千载历史。那种坦然，那种沉醉，那种超脱，绝不是凡尘俗世所能给予的。一向内敛的我竟然激动地对着幽幽山谷，旁若无人地高喊："长城，我来了！……"大山的回音壁弹拨着我的回声，荡

◎王勤摄

涤着我登临长城的激情。

南峰长城以南4楼最高，海拔803.6米，这一高度，对于我来说，就是美的高度，就是天堂的高度。登楼眺望，长城自西南向东北蜿蜒于山脊之上，宛如苍龙，宏伟壮观。这让人不禁想起我国著名长城专家罗哲文先生登临八达岭时吟咏的长城诗："千峰叠翠拥居庸，山北山南处处峰。锁钥北门天设险，壮哉峻岭走长龙。"

古时修建长城是为了防御外敌入侵。试想：一个国家的安宁靠什么来护卫？是外力，还是建筑地利？都不是！是一个国家的综合国力和军事实力！秦朝并非历史上最富庶的王朝，但是秦军却是最彪悍的军队，不仅有蒙恬、王翦这样的将军，而且还有商鞅、李斯这样的谋士，更有秦始皇帝的豪情壮志，有其倾向于军事建设的政策，有其强大的军事力量。这样，雄关要塞才能如虎添翼，长城方有铜墙铁壁之实。而明代呢？长城最完备，它却因一个孱弱的王朝而成为纸老虎，受尽了屈辱。

"太阳照，长城长，长城啊雄风万古扬……"仿若董文华悠

扬动听的歌声飘扬在长城的上空。仰望蓝天，空中朵朵白云悠然飘逸；看长城上，各种肤色的国际游客川流不息。如今，随着改革开放，国富民强，长城不再以防御功能而存在。相反，她已成为中华民族与国际交流的桥梁和纽带，形成了"风景这边独好"的精彩世界，吸引着众多国际游客不辞辛苦，万里迢迢地漂洋过海而来参观游览，为我国旅游业的发展和经济的繁荣带来了新的契机。

古老的长城啊！你的每一块青砖、每一座城垛、每一道关隘以及你上方的寥廓天空和周边刀削的山峰，都浸透了秦时明月汉

◎王勤 摄

时雪雨，润泽了唐宋日月明清风霜，被千年的月光喂养，倾听着历史的回音，把记忆刻进了斑驳的光阴里。

　　长城的防御功能已不复存在，那金戈铁马的岁月也越来越远，孟姜女的哭声也在历史的风中越飘越远，可她依然坚守在自己驻守了几千年的位置，用她的一砖一石一垛一层镌刻着中华民族的创造精神，传承着中华民族的不屈风骨，站成天地间最坚实最宏伟的身影，站成一种万古扬颂的雄风，站成一种浓缩的民族精神和民族信念。

旅　途

　　挂断女儿的电话，我静静地站在阳台上望着窗外的夜色发呆。远处的灯火照着阴雨连绵的夜空，一阵秋风裹着细雨吹来，我不禁打了个寒战。正是这个不经意的寒战，让我对女儿的思念如同决堤的洪水般泛滥开来。那一刻，我多想一如她小时候一样，将她揽在怀里，用母爱温暖她秋夜的寒凉。

　　我着了魔一样思念女儿。当我把这种感受告诉丈夫的时候，哪知他也和我一样。于是，他便让我在网上查询菏泽—济南的火车车次。当我查出最近的一班火车是凌晨 2 点 16 分的 K342 次列车时，我们当即决定乘坐这趟火车去看望女儿。还没有起程，我的思绪就如同脱缰的野马一样无边驰骋——想着一大早就赶到济南，给女儿做一顿可口的早餐，让她美美地边吃边笑，用眼波间流转的温暖驱散彼此的思念。

　　凌晨 1 点 10 分，我和丈夫就急匆匆地出了家门。雨后的空气格外清新，城市、道路都静默在湿漉漉的夜色里，初秋的风凉凉的、爽爽的，虽然穿着长袖，可我还是忍不住打战。我从来没有感受过如此静谧、如此深沉的夜，路灯沉默着，闪着昏暗的光。城市没有了白日的喧嚣，马路上没有了川流不息的行人和车辆。稀稀拉拉的车辆以惊人的速度轰然碾过大地，有不少的夜行车都遮挡着车牌，无视红绿灯的闪烁，一路飞速疾行。望着眼前的情景，让我对自己所生活的城市蓦然有一种陌生的感觉。

在丈夫去路口拦出租车的空当儿，我静静地站在停车牌前。一阵秋风吹乱了我的长发，我一边抬手拢着头发，一边注视着路灯下自己长长的影子，虽然在家门口，却有一种茫然的孤独感于内心无边蔓延。

刺耳的口哨声盖过夜行车的轰鸣，划破了夜空的宁静，一辆货车自西往东疾驶而来。货车原本四合封闭的车厢敞开，驾驶室内光着膀子的正、副两个司机，刺青满身，摇头晃脑地吹着口哨。或许看我是孤独的夜行女，在靠近我的时候，司机放慢了车速，口哨吹得更加响亮，坐在副驾驶位置上的人还把头伸出车窗外，对着我叽里呱啦地叫嚷着。如若是青春年少时，我定会发

◎ 侯雅祥　摄

怒，会骂人……然而如今，岁月的流水早已磨砺掉了我所有的棱角，沧桑的同时，也多了一份麻木，让我感觉眼前的这一切都好像与我无关。只看到，敞开着的车厢里，挂着的一整扇一整扇的猪肉，它们随着车的疾行而晃荡着、摇摆着、碰撞着……我作为一个母亲，深知每一个孩子都是父母眼中的宝贝天使。两个司机出门在外，他们的父母也会像我们夫妇思念和牵挂女儿一样思念和牵挂着他们。

在售票厅排着长队，好不容易挨到了买票，售票员却告知我们没有坐票。丈夫失望地望着我，眼神里流露出想打退堂鼓的意念。反正是已经到了火车站，再怎么着这个晚上也睡不成囫囵觉了，站票就站票吧，这一次终于轮到我做决定了。虽然我做出了买站票的决定，但更多的是担忧，甚至是害怕——4个多小时的夜行车，一路站着，天才知道我们将怎样挨过这段火车上的漫长时光？

好不容易熬到了该上车的时间，滚动的字幕上却打出了"K342次列车晚点两个小时左右"的字样。看到这样的警示，丈夫似乎有一股怨气："我说坐5点多的火车吧，可你就是不听，这下好了……"我无奈地给了他一个歉意的微笑，让他渐渐消融了内心的幽怨。他看了看坐在他身边的我，挪了挪身子，揽住我说："你这一晚上还没睡一会儿呢，靠在我肩膀上睡会儿吧！"语气轻柔，却带着一种不容置疑的命令。这个平日里出了门就不会碰我一下手的传统大男人，今天竟然在公共场合的众目睽睽之下揽我入怀。我抬头默默地看了他一眼，心里暖融融的，这来自爱情的温暖瞬间驱散了秋雨之夜的寒凉。

环视候车室内，除了人，还是人，每个人的脸上都写着不同的表情。在座椅上坐着睡的，铺着报纸在地上躺着睡的，在行李上伏着睡的……在这秋雨之夜，旅客们以不同的睡姿，到梦乡里度过这漫长的候车时光。

尽管有丈夫的臂膀做依靠，可我还是没有丝毫的睡意，于是便随手掏出包里的一本杂志，旁若无人地看了起来，以此来打发无聊与无眠。

"你是老师？"循声望去，我的目光与坐在我对面的胖妇人的目光不期而遇。此时，或许我是这个候车室内唯一的看书人。在当今这个浮躁的社会，别人要么认为我是在赶着没有完成的工作任务、为生存而看书，要么就是认为我很另类。

我和胖妇人搭话的时候，一位身着军装的女孩跑过来，搂着她的头亲昵地耳语了一阵，便如风般地跑开了。她那一头短发如同黑色的丝线，随着身体的颠簸而上下颤动着，宛若一把黑色的小伞轻快地舞蹈，女孩浑身上下都洋溢着青春气息，让我由衷地感叹：年轻真好！

胖妇人稳稳地坐在连椅上，一如弥勒雕像般的安然。她的头发染成了栗棕色，发根处露出一截儿白发，在灯光下异常刺眼；四方大脸颇有"天庭饱满，地阁方圆"的韵味，一双不算大的眼睛微微眯起，视线紧随着女孩的身影移动。女孩跑了十几步，停在另一女孩面前，她们亲亲热热地说笑着。胖妇人告诉我：这两个女孩是她的一对双胞胎女儿——穿便装的大几分钟，是姐姐；穿军装的小几分钟，是妹妹。她们都是某所重点大学的国防生，是未来的军官。她另外还有个儿子，是女孩们的哥哥，也是军官。胖妇人看着两个女儿，目光始终没有移开一秒，像是在审视着一件价值连城的宝贝，脸上的笑容凝成一朵绽放的菊花，一种

© 侯雅祥 摄

掩饰不住的幸福感洋溢在脸上。

当工作人员拿着喇叭喊旅客排队检票时，两个四十多岁的民工模样的男子一边揉着惺忪的眼睛，一边慌慌张张地跑过来递上手里的车票，工作人员告诉他们该次列车已经开走半个多小时了。听完工作人员的话，那两个男子顿时像泄了气的皮球一样，一脸的失望，垂头丧气地耷拉着脑袋快步向售票厅走去，他们将会在改签之后进行下一轮的等待。

字幕上又打出了火车晚点的字样，坐在我斜对面的一个小伙子站起身来，不耐烦地对他身边的同伴高声调侃："晚点！晚点！总是晚点！等我有钱了，买一辆火车自己开，想几点发车就几点发车，绝不让它再晚点！……"小伙子看上去20出头的模样，腰身挺直，瘦而高的个子，像是刚理过的草坪头精剪得有模有样，鼻梁上架着一副高度近视镜，镜片在灯光下闪着一圈一圈的光晕，如同荡漾开来的涟漪……从他幽默而又忧怨的玩笑里，折射出漫长等待的烦恼。

在漫长的等待里挨过两个半小时，终于等来了晚点的列车。

上车的时候，旅客们个个都像是运动员似的，拼命地朝着所持火车票的车厢跑去。丈夫只让我带了个我平时用的手提皮包，可我还是跑不快，却意外地感觉平日很合脚的高跟鞋，此时像大了一号似的，有些不跟脚的感觉。唉！也难怪常有人戏说我走路像娘娘似的，以至于说我是"娘娘命"。我知道，我不能像娘娘那般安享荣华富贵，可是我却拥有一个属于自己的男人，拥有自己的爱情，拥有平凡的幸福，我感觉我比娘娘的命好。

好不容易挤上了火车，整个人倒像进入冰窖一样，顿时浑身起满鸡皮疙瘩。丈夫知道我的平衡能力差，扶着我让我倚靠在两排座位之间的小桌子上。我站定后四下环顾，整个车厢内座无虚席，过道里也站满了抱着膀子冻得瑟瑟发抖的人。车厢内的乘客，盖棉被的、穿棉袄的、披毛毯的……五花八门，让人忍俊不禁。只要能御寒的东西都被乘客们捂在身上保暖。人说饥不择食，看来冷也是不选物啊！

当一个满头花白头发的老乘务员来到该车厢内的时候，不少的乘客嚷嚷着让他关掉车厢内的空调。

"关！关！关！你们只知道说关，就不知道这是在给我找麻烦？！我可有言在先：关掉了空调，你们就是热死，我也不会再给你们打开！"老乘务员操着一口南方口音，不耐烦地大声叫嚷着。循着他的声音望去，只见他高高的个子，五官端正，浓眉大

眼，鼻梁挺直。他的话反反复复地在我的耳旁萦绕，再去打量他时，顿时感觉他的五官在潜意识里变得扭曲歪斜。

"为了现在不至于冻死，劳驾您还是先关了吧！不过，您就放心好了，只要热不死您，就热不死我们！"一个女高音慢条斯理地接应着老乘务员的话，不慌不忙。老乘务员瞥了她一眼，悻然地走开了。

女高音看上去三十多岁，皮肤微黑，却光洁而细腻，胖乎乎的圆脸上一双大眼睛忽闪忽闪地转动着，如同两潭清澈的湖水，深邃而明亮，浓密的柳叶眉修整自然，鼻梁高挑，性感的嘴唇上涂着玫瑰色的唇膏，烫染的长发松散而随意地在背后扎了个马尾。合体的橘黄色的短袖衫勾勒出她的女性曲线之美。她下身着一条黑色的七分短裤，一双黑色的高跟皮鞋放在她的座位下，她把赤裸的双脚蹬在对面两个人的座位之间，在过道里直直地架着裸露的双腿，给人一种不拘小节的感觉。

女高音的声音洪亮，要高出一般人声调的八度。她的声音虽然很高，但是，却甜甜的、绵绵的、柔柔的，没有一点儿刺耳的感觉。她不停地说话，从她的言谈中得知，她是济宁人，做蛋糕生意。我想凭着她的健谈和美貌，定会回头客不断，生意红火。

火车开出不多远，女高音看我站着，朝我友好地笑了笑，挪了挪身子腾出了一个挤巴巴的空间，热情地招呼我坐了下来，令我感动不已。于是，我便微笑着连连向她致谢。火车到了下一站的时候，过道那边的乘客下了车，女高音急忙拉拉我，挪了过去，示意我让我丈夫坐下来。她的热情和善良让我更加感动，一向喜欢安静的我竟然感觉她的高音愈加悦耳起来。

得知她是济宁人，旁边一位看上去六十多岁的河南阿姨，搭话说她村子里有个小伙子在外面打工时谈了个济宁的对象，订婚的时候，姑娘家要了六万六千元的订婚彩礼，小伙子家境不好，东挪西借，费了好大劲才凑齐了这份彩礼钱。

"你们想想看，人家姑娘的父母从小把女儿拉扯大，费了多少心血啊，好不容易养大了，让男方家说娶走就娶走了，要我看给六万六不算多！再说了，人家姑娘的父母也不花这彩礼钱啊，这彩礼钱在结婚时还不是让女儿全都带走。订婚时男方给六万六，结婚的时候，娘家咋也要让女儿带走十万、八万呀！"女高音动之以情、晓之以理地维护着济宁人的形象。原本反对济宁姑娘要彩礼的河南阿姨听她这么一说，反倒一改当初的观点，微笑着跟着她点头附和。

女高音与河南阿姨如同一对忘年之交，一路说说笑笑。河南阿姨下车后，她再也找不到一个可以与她唱和自如的人了。于是她扭转身子，伏在前面的小桌子上，右手托起下巴，直视着她左边的一位四十多岁的男子，有一搭没一搭地与之交谈。一直沉默的男子倒有点儿不好意思接住她近距离直视的目光，低着头接应着她的话茬。当男子问起女高音家里的情况时，她说她有一儿两女三个孩子，全都放在南方的婆婆家里，由公婆帮她照看。忽然间，她的高音低了下来，而且还带了些颤音儿。一个母亲内心最柔软的地方被触痛了，眼睛里顿时蓄满了眼泪，慢慢停下了一路的"高音播报"，车厢内顿时安静了许多。

坐在我对面的是一个十六岁的青岛男孩，高高瘦瘦，着一身运动短装，白皙的皮肤，高挺的鼻梁，大眼睛，单眼皮，右眼的上眼皮上有一个半个绿豆大小的浅褐色的痣微微地超越在眼睑之外，看起来像是一种有意的装饰。话语间，男孩总是微笑着，一

排皓齿整齐而有序地排列，两个小虎牙位于门牙的两侧，使他显得机敏而可爱。

交谈中，我们得知，男孩是独生子，父亲是一家大型国企的机械工程师，母亲是一家大型国企的会计师。他刚参加完今年的中考，考试成绩优异。父母为了奖赏和锻炼他，给了他一千元的现金，让他到广州去开眼界。父母要求他用一周的时间独自来回，有计划地安排用好自己的食宿和旅游景点，具体方案由他自己择定。

男孩说他来回的车费就花去了五百多元，一个礼拜，他只在一家一般的宾馆里住过一夜，其余的几夜全都是在广场或火车站的地上度过的。这期间的短途，他能步行的就绝不坐公交车，能坐公交车的就绝不乘出租车，吃饭以能填饱肚子为目的，每花一分钱都格外小心，唯恐没钱了回不到家。

吃早饭的时间到了，火车上的旅客纷纷忙活起来，大家或是去倒开水泡方便面，或是拿来自备的食品，抑或是买来乘务员推着的食品车里的饭菜……青岛男孩从包里掏出来两个法式小面包和两个乡巴佬鸡蛋放在桌子上，然后又拿出水杯去倒开水。他先是喝了一杯水，然后吃了一个法式小面包和一个乡巴佬鸡蛋，而后拿着那剩下的一个法式小面包和一个乡巴佬鸡蛋在眼前看了看之后，又放回了包里……他到青岛，中间还要吃一顿午饭。或许，那一个法式面包和一个乡巴佬鸡蛋就是他下一顿的午餐。

在我暗自观察青岛男孩的时候，丈夫从行李架上拿出我们的早餐——一袋火腿肠和两个大面包递给我。等他重新放好行李包，我打开那包火腿肠掏出一根连同一个面包一起递给了丈夫，自己也拿出一根火腿肠，将其余的火腿肠和一个面包全都给了青岛男孩。青岛男孩推辞了一下，见我诚心相送，一边致谢一边拿出一根火腿肠剥开吃着，而后把其余的东西都放在了包里。这期间，我偷窥丈夫一眼，唯恐他对我的私自决定而拉脸色。就在我看他的时候，乘务员推着餐车走了过来，丈夫很温和地问青岛男孩："你想吃什么？叔叔给你买！"青岛男孩见此情景，微笑着弯腰从包里掏出仅剩下的四张十元的新钞，高高地扬起那四十元钱说："我还有钱呢，谢谢叔叔！"

从与青岛男孩的交谈里得知，这一周的旅游，让他感触很

◎ 侯雅祥 摄

多：他学会了节俭，学会了有计划地花钱，学会了照顾自己，从而也体会到了家的温暖。世界之大，哪里都没有家温暖；人海茫茫，谁都没有父母疼爱自己；天下美食之多，都没有母亲做的家常饭可口，而且想吃多少吃多少，还分文不收。

用一千元作为一周长途之旅的费用，确实是少了些。在我看来，这并非青岛男孩的父母吝啬，从他的衣着和言谈中可以断定，他们家并不缺钱。他的父母是在用独特的方式，让儿子在锻炼中成长，在成长中锻炼……

走近火车站出站口，远远地望去，我一眼就看到了人群里亭亭玉立的女儿。她分明是也看到了我们，高高扬起的右手不停挥舞着，内心的喜悦全都写在脸上，红彤彤的小脸如同一朵绽放的花朵，嘴里不停地喊着爸爸妈妈。在我们眼里，她就是一个永远也长不大的孩子——一个让父母开心的好孩子。

望着朝我们奔来的宝贝女儿，蓦然间，一股暖流遍及我的全身，一种幸福感令我陶醉。不经意间，眼里就泛起一层淡淡的雨雾。感谢上苍赐给我这么一个可爱的女儿，让她把我的生命变得如此的美丽而充实。她是一首激情昂扬的诗，让我每一遍都读出新意；她是一帧永不褪色的画，装点着我生命的四季；她是一首百听不厌的歌，每一个音符都弹奏出我生命的强音；她是一部生命的百科全书，让我愿意倾尽一生来赏读……在丈夫喜悦的注视里，我和女儿以欢呼相拥的方式，结束了我们这次看望女儿的旅程。

一个又一个的旅途组成浩渺的人生。每一个旅途都有不同的风景，我一路走着，试图用手中的笔描摹出每一处风景，挽留住每一个日子，记录下旅途中的迷茫与失落，爱与被爱。

© 张晓楠 摄

别让星星迷路

时值节气的指针指在寒露和霜降之间，北方的鲁西南平原上，所有的庄稼都变成粮食归了囤，所有的落叶都在秋风中飘零。大地袒露着赤裸的原色。

大地上的每一座高楼、房屋、桥涵，每一条道路、河流、沟渠，每一棵树木、花卉、线杆……仿佛都在秋风中活了起来，像是从词典里挣扎着跳出来的散落一地的词语，一个个都分别代表着萧瑟、沉默、孤寂、苍凉、凄清、恐惧、迷茫等词义，捡起来

读一读，不免心生凄凉。

白杨树是鲁西南平原上极为常见的一种树，是茅盾先生笔下的《白杨礼赞》中的白杨树，有着"笔直的干，笔直的枝。它的干通常是丈把高，像加过人工似的，一丈以内绝无旁枝。它所有的丫枝一律向上，而且紧紧靠拢，也像加过人工似的，成为一束，绝不旁逸斜出。它的宽大的叶子也是片片向上，几乎没有斜生的，更不用说倒垂了。它的皮光滑而有银色的晕圈，微微泛出淡青色。这是虽在北方风雪的压迫下却保持着倔强挺立的一种树。哪怕只有碗那样粗细，它却努力向上发展，高到丈许，两丈，参天耸立，不折不挠，对抗着西北风……"白杨树像卫士一样挺立在平原大地上，防风固沙，用稠密的叶子搏击风雨，但叶子终究还是抵不过季节轮回的强悍，不得不在秋风里飘零人土……即使落尽所有的叶子，白杨林依然稳稳地扎根大地，站成一道屏障，站成一种气势，站成一帧风景，用赤裸的枝干搏击风雨，清点日子。这种白杨树一旦成方连片，形成一种气势，汹涌成林，那便是白杨林。

我和四个女同事乘着秋风，沿着雁阵回归的方向，从北方广袤的平原出发，穿过片片白杨林，一路向南，再向南，直抵祖国的最南方——海南。

飞机如同一只硕大的飞鸟，把旅客收纳腹中，一路穿云钻雾飞行。从舷窗往下看，下面是广袤无垠的平原。没有庄稼的覆盖，没有繁花绿叶的装点，大地如同一个俯身的硕大的赤裸脊背，缘于太阳的直射，从而导致了皮肤的干裂，变得灰黄，毫无光泽和血色。道路、河流、城市、村庄、厂房等把平原大地分割成一片一片色泽各异的图案。片与片之间，线条清晰，肌理明了，如同中国山水画技法里的皴法，勾勒得十分细致而紧密。

　　飞机倾身飞行，由低到高，穿过厚厚的云层。当它抵达一定高度平稳飞行时，再从舷窗眺望，蓝天、白云、阳光，给人以缥缈的诗意之感。然而，这北方的所谓的蓝天却灰蒙蒙的，白云也如同浸泡在混有墨汁的水中的棉絮。遥望着那样的蓝天，那样的白云，不免会让人忧心忡忡。北方是工业基地，人们为了一味地增加 GDP，竟然不顾自己的生存环境，让烟囱里的黑烟嘟嘟地喷吐，让沟河里的污水汩汩地流淌，让空气里的毒气悠悠地弥漫……试想：如果人们不能为自己创造一个良好的生存环境，生命和健康将拿什么来做保障？在生命和健康不能保障的前提之下，GDP 的高低又有什么意义？

　　飞机一路南飞，天空越来越蓝，云朵越来越白，那酷似浸

◎ 侯雅祥　摄

◎杨青雷 摄

泡着棉絮的混有墨汁的"水"的颜色也越来越淡，直至完全消失。湛蓝的天空下，洁白的云朵让人心驰神往，或散或聚，千变万化，有时聚集成群，越岫而出，宛若瀑布。随着飞机的飞行，你会发现，白云忽而有如汪洋一片，忽而有如山谷堆雪，忽而有如大地铺絮……给人一种误入仙境的感觉，让人心情豁然开朗。我多想把这景象时时挂在眼前，刻刻留在心间，酝酿成唯美的诗意，润泽以后的日子。不经意间，仿佛成方圆甜美的嗓音在耳边悠扬："蓝天上飘来洁白的云霞，就像那一朵朵盛开的玉兰花……"

飞机经过两个多小时的飞行，从北方飞到了南方。此时，再从舷窗观望，蓝天白云下将是另一番景象：蓝色的大海、白色的沙滩、绿色的植被……同一时节，南方的生机勃勃完全颠覆了北方的荒凉萧瑟。

从秋意寒凉的北方来到烈日炎炎的南方，我们脱掉秋装换夏装，轻松自如地感受热带风光。

"阳光、沙滩、海浪、仙人掌，还有一位老船长"，这是典型的热带海滨景象的写照。海南的大海一如北方平原的辽阔。对于生长在平原的人来说，观海、听涛、弄潮是心中梦寐以求的愿望。赤脚踏着柔软的细沙漫步海滩，任凭潮水一如顽皮的孩子，在涨落中肆无忌惮地舔舐着肌肤，舒爽和惬意油然而生。放眼大海，她的深邃和神秘撼人心魄：那波澜壮阔的景象，那汹涌澎湃的壮观，那水天相接的浩渺，那潮起潮落的雄壮，那惊涛拍岸的壮美，那波光粼粼的胜景，那帆影点点的优雅，那晨曦晚霞映照的美奂……潮来时，汹涌的潮水，后浪推着前浪，朵朵浪花簇簇拥拥地冲过来，声似雷霆万钧，势如万马奔腾。大海如同霎时间变成了战场，海风吹着尖厉的"号角"。海浪似英勇的战士，向海岸猛烈地冲撞着，发出隆隆的呼喊。岸上的巨石，被潮水轻轻一拂，仿佛一下子就"沉"到了"海底"。一排排的海浪冲击着海岸，溅起一朵朵浪花，大有势不可当之势。

望着这壮观的海潮，我禁不住想：不知道，大海里蕴藏着多少力量？海水能引起多少文人墨客的遐想？海浪会将多少人的忧伤和烦恼瞬间吞噬？让人悠然摆脱尘世的喧嚣和纷扰，让灵魂在大海的深邃里得以净化和升华。

走进占地 600 亩的兴隆热带植物园，如同打开一本热带植物

◎ 邹爱武　摄

◎ 邹爱武　摄

的百科全书。园内长满了热带植物，蓊蓊郁郁的，把初升的阳光都遮蔽了，洒下斑斑点点的碎影在枝叶上跳跃。在这里，有很多前所未闻的植物让我们大开眼界：见血封喉、旅人蕉、坡垒、铁力木、美登木、面包树、腊肠树、依兰、香茅草……稀有的花草树木，让我们惊异的同时，也增长了不少见识。雨后的空气格外清新，到处弥漫着淡淡的花草的清香气息。城市的纷扰和喧嚣被绿色洗涤一空，花花草草经过一场秋雨的漂洗，青翠欲滴，在阳光下绿得直逼人眼。露珠拽着叶脚，与初升的晨阳抗衡着，在晶莹的梦里飞翔。徜徉在绿色的海洋里，我们忍不住连连深呼吸。此时，多想在这绿色的深处建一处茅舍，长长久久地生活于此，与森林为邻，与树木为伴，与花草为友，在这纯天然的绿色大氧吧里，与自然交融，与植物交谈，让浮躁的灵魂沉淀，再沉淀。

　　海南的椰子林和槟榔丛一如北方的白杨林一样遍及和寻常，但这些既是风景树，又是果木树的椰子树和槟榔树却给人以诗意的内涵。椰子树高大挺拔，无枝无蔓，四季常绿。羽状的叶子全裂着，宛若孔雀的尾巴，片片叶叶错落有致地伸展在树干顶端，形成一个伞状的树冠。叶腋间一个个圆圆的椰果簇拥着抱紧树干，诗意而优美地点缀在那里，平添了无穷的韵味。槟榔树一如椰子树的挺拔，只是较之小巧，犹如妙龄少女一样婀娜多姿，亭亭玉立，与椰子树站在一起，俨然是一对天作之合的情侣。

　　秋风阵阵吹拂，椰子树和槟榔树婆娑的叶子随风摇曳，如诗如画，如梦如幻，成为海南大地上一帧独特的风景，仿佛是梦的伊始，吸引着天南海北的人慕名而来，又称心而去，将那一片片椰子林、槟榔丛尽收于胸臆之间，供养长长久久的诗情。

　　夜游凤凰岭时，当我陶醉在三亚的渔光灯火里感受梦幻凤凰岛时，偶尔一抬头，蓦然发现天空繁星闪烁——这正是我渴盼的夜空景象。近几年来，每当我月下漫步时，我都会抬头仰望夜空，脖子仰得酸疼却极少能觅到星星的身影。总以为，是城市的灯火通明和环境污染遮蔽了星星。每当这时，我都会有到乡村去住一晚去寻觅星星的念头。然而，父母的辞世，斩断了我回故乡居住的根基，让我回故乡看星星的愿望成了不能付诸现实的梦想。没想到，这样的梦想竟然在夜游凤凰岭时得以实现。在这里，我找回了遗失多年的梦，找回了只有记忆中才有的点点繁星，找回了碧澄的夜空。久久地仰望着凤凰岭的夜空，内心掠起阵阵的满足与惬意。欣喜的同时也令我深思：海南辽阔的海域、热带常绿植被、无工业污染的自然环境等因素成就了这里湛蓝的天空、

洁白的云朵以及群星璀璨的夜空。

我在海南优美的热带风光里沉醉，蓦然触及天空，又良久失语。天地万物将要归于宁静之时，我悄悄地来了，又静静地离去。我能给予这片热土的唯有匆匆的吝惜探访、深深的凝视和心底的五味杂陈。当北去的飞机卷走我晚归的身姿，唯有海南热带风光的自然之美在记忆的行板上漫溢着吐陈纳新，仿佛一条无形的丝带缠绕心底，让我在这静谧的一刻成为一个全新的人，一个只为这优美的自然景观不知归路的人。

北方和南方因地理位置的差异、气候特征的不同和人为因素的影响，才有了这截然不同的生存环境。如果我家乡的鲁西南平原是孕育诗情的底稿，那么我这次海南之旅将成为这诗册的扉页，让我惆怅的心绪找到皈依指引的同时，也令我用文人微弱的声音呐喊：别再让 GDP 的一路攀升来让星星迷路、让白云蓝天被污染！

孔林从容

怀揣着对孔子的崇仰，对孔庙、孔府、孔林的圣洁情感，我和丈夫循着九月的菊花香韵，慕名曲阜而来。瞻仰了雕梁画栋、富丽堂皇的孔庙，游览了与国咸休、安富尊荣的孔府，又随着如织的人流，缓缓走进斜阳笼罩的儒家圣地——沉静博大、宽厚无言的孔林。

导游娓娓动听的讲解让我们对孔林的历史沿革、重要墓地、建筑布局和丧葬文化有了一些了解。

曲阜孔林是一座巨大的人工森林，是孔子及其后代子孙的家族墓地，也是儒家弟子和孔家子孙实践孝道的场所。现存孔林面积200余公顷，墓葬10万余座，各类树木4万余株，碑刻4000余通，仅围墙就有8千米，被誉为世界上延时最久、规模最大的家族墓地。

孔林发展到今天这样的规模，与孔庙的情况相似，都是历代封建王朝尊孔崇儒的结果，都经历了一个不断扩充的过程。

孔子在世的时候，地位并不显赫，死后却被不断追加封谥，其长子长孙也一再被封赐，由君到侯到大夫到公，至宋仁宗将孔子第四十六代的封号孙由"文宣公"改成"衍圣公"，以至于这一封号袭封了三十二代，历时八百八十多年，远远超过了任何一个封建王朝，成为我国封建社会享有最大特权的贵族，不仅不受改朝换代的影响，还随着王朝更迭而享有更多的特权，得到更多的封赐和荣耀。五代时期，"衍圣公"官阶相当于五品，元朝晋升为三品，明代更跃升为一品，地位仅次于丞相。清代，衍圣公不但位列阁老之上，皇帝还特许他在紫禁城骑马，在宫中御道上行走。由此可见，孔子千百年来的光耀和影响。孔氏家人都为死后能葬于孔林而倍感荣贵，这便有了孔林中的坟上加坟，墓上加墓，棺（官）上加棺（官）。

我们沿着悠悠神道，走进孔林，感受着孔子遗泽的绵长和儒家思想的恒久。

观光车载着我们走进孔林，一种前所未有的空旷、古静与悠远迎面而来，顿然洗去了红尘的俗气和喧嚣。但这里毕竟是墓地，刚开始的时候，还有一种凄凉、悲楚的感觉，慢慢地体会着这里也有繁花盛开、百鸟鸣唱的生生不息，纵然悲伤也变成了看淡生死的从容。

孔林里万木掩映，碑石林立，石像成群，真是名副其实的碑林！一路土坟如浪，石碑似林。纵然是儒家圣地，孔林的秋天也免不了叶落花凋，秋风萧瑟。地上随风摇曳的凄凄衰草与秋风中的几声鸟鸣，更衬托出一幅荒凉的秋色。静静的坟场中，曾经都是一个个鲜活的生命，每一个生命都曾有一段完整的人生故事，这里的故事要多过人世间。没有想到，他们死后，竟不分时代地在这里拥挤着、聚集着。是他们旧情难却，挤在一起排遣阴世的空寂与落寞？还是他们的子孙惜土如金，觉得这样便于祭奠？就这么一代代地倒下，一代代地掩埋，一代代地祭奠。无数曾经灿烂的生命在这里造就凄凉，无数曾经鲜活的面孔凝成悲惨，在这

里定格，在这里上演。由此看来，死是永恒的归宿，是世人永远也逃脱不了的主题。

干涸的洙水河裹挟着两岸的枯草败叶，和着前来瞻仰的人们"不敢高声语，恐惊长眠人"的心境，像一串静止的音符，静穆地横亘在那里。

走下洙水桥，就踏上了孔子墓的甬道。甬道两侧既有高耸的"天门"标志的望柱，也有温驯善良的文豹，还有人们想象中的怪兽角端以及传说中威震边疆的秦代骁将翁仲，它们在这里昼夜不息地为孔子守墓。

一座硕大的圆顶土丘，上面铺满秋日的衰草，这便是孔子墓。墓前有两块石碑。前面的为明代所立墓碑，上面赫然篆书"大成至圣文宣王墓"；后面的为元代所立墓碑，篆书"宣圣墓"三个字。两块墓碑皆为孔子的

封号。

　　孔子墓是孔林的核心。孔子墓的东部是其儿子孔鲤的墓，正南面是其孙子孔伋的墓，这种墓葬方式构成了俗称的"携子抱孙"的墓葬格局。

　　孔子三岁丧父，生母孀居，内无名分可依，外无资斧之助。他是在母亲的泪水、屈辱与希冀之中成长起来的。十五岁便开始了对学问的真正追求；十九岁娶妻生子，成家立业；三十岁设学授徒，垂教诸生；年过五旬从政，先后担任鲁国的委吏、乘田、中都宰、司寇等职；后来周游列国，却是步步维艰，处处碰壁；

在备受冷落之后，晚年只得退而修书。孔子的一生坎坷激荡，风云变幻。但也正是这些磨砺，在造就了不幸孔子的同时，也成就了永远的孔子。如今，一抔黄土掩风流，把孔子一生的宏图大愿和沧桑悲凉都尘封在这座土丘之下。

怀着久仰的心情，静静地站立在孔子墓前拜谒沉思。孔子生前是一个典型的文人，是一个一生不得志的失意者，却在死后被人们供奉，尤其是被封建帝王一再擢升，直至被称作"文宣王"。是他首创的思想成就了他？是汉朝董仲舒的一纸奏折神化了他？还是他人在他头上的封号成就了他？如果孔老夫子地下有知的话，他该是一种怎样的心态？

孔子死后，弟子们把他葬在这里，筑起坟头，然后，"各以

四方奇木来植",并为孔子守墓三年,更有子贡结庐守墓六年不辍。在此期间,子贡还在孔子墓周边种植树木。现存的一棵早已枯死的古树根,据推断就是当年子贡亲手栽植的珍贵树种——楷木。后人以此来纪念子贡,树立尊师重教的典范。

观光车一路悠悠缓行,导游滔滔不绝地翻阅着历史。在这里,我们目睹了孔子墓、孔伋墓、孔仁玉墓、孔宪培墓、孔尚任墓、孔令怡墓等一些重要墓葬和神道、万古长春坊、明代双碑亭、至圣林坊、洙水桥、于氏坊、林区、石刻等一些孔林的建筑布局。一个个历史人物在这里被阅读,一段段历史故事在这里被翻开,一处处风景在这里被游览。

悠悠孔林,参天古树在这里经历着历史的风雨,阅读着人世的沧桑,从过去到现在,依旧耸然傲立,盘根错节,虬枝嫩叶,蔚然壮观。

离开孔林时,暮鸟回旋,秋寒渐起,一抹残阳从西边的天际洒下缕缕金辉,给郁郁葱葱的林木添加了一层静穆和神秘,蕴含着一种无垠的壮美,旷远博大,古老深厚。

孔林从容,历史从容,人生从容。

秋游神农架

多年以来，感召于"野人"的神秘召唤，令我对神农架充满无限向往。今天，终于在这个霜凝秋冻的季节里，踏上了神农架的圣土，融入了神农架的情韵里。

神农架之神奇和古老，在于她的气势磅礴和博大精深。相传因炎帝神农在此"架木为梯"上山采药而得名。有资料显示，神农架在亿万年以前，曾是一片汪洋大海，经过亿万年的造山运动，才使得她隆起成为现在的"华中屋脊"。这里海拔超过3000米的高山就有6座。由于特殊的地理环境，神农架成为第四纪冰川时期各种动植物的避难所和栖息地，她几乎囊括了北自漠河、南自西双版纳、东自日本中部、西自喜马拉雅山脉的所有动植物，因此而被世人誉为"物种基因地""天然动物园"和"绿色宝库"。古今中外，不知道有多少专家学者到神农架揭秘探险？有多少丹青妙手到神农架挥毫泼墨？有多少文人墨客到神农架吟文赋诗？有多少游人侠客为神农架情醉神迷？

突兀于华中地区的神农架，重峦叠嶂，谷深壑险，群峰苍翠，林海苍茫，溪流纵横。她是以秀绿的亚高山自然风光、多样的动植物种、人与自然和谐共存为主题的森林生态旅游区。其主要旅游景点有：神农顶、风景垭、板壁岩、瞭望塔、小龙潭、大龙潭、金猴岭等。

站在大树之下，望着秋叶飘落，感觉仿佛是无数生命的精魂献身大地。落叶纷至沓来，那些无名的小野花、小野草、小野果、小植物都卑微地染满秋色，渲染着神农架层林尽染、五彩斑斓、美不胜收的情韵。以葱绿的巴山冷杉为代表的常绿乔木赋予了神农架勃勃生机，火红的枫叶点燃了神农架的激情，金黄的野菊花点缀着神农架的妩媚，浅黄的落叶松平添了神农架的魅力，缤纷的落叶尽显了神农架的季节风采……无论技艺多么高超的调色大师都调不出神农架之秋的色彩，无论多么非凡的神笔妙手都画不出神农架之秋的神韵，无论多么博学的语言大师都描绘不尽神农架之秋的美丽。置身于秋天的神农架，如同融入仙境，给人一种"人在山中走，如在画中游"的神秘惬意之感。

置身于神农架的山脚下，我怀着一颗虔诚的心，撞响三通钟，擂响九通鼓，带着感恩的心，向自然始祖顶礼膜拜。面对这座气势恢宏、苍苍茫茫、神奇瑰丽的自然王国时，人显得是多么的卑微与渺小！来到神农架，如果仅是带着人类的好奇、乐趣和偏见而来探寻"野人"，这又是何等的幼稚和可笑？

仰望千年杉王古树，她并不显老态，依然枝繁叶茂，风姿绰约，生机勃勃，树冠高大，周正圆浑，直抵云霄。她不像树中的垂垂老者，而像伟岸的树中壮年。树干要六七个成年男子合抱才能围住。我们带着"大树底下好乘凉"的祈愿，虔诚地绕树而转，用手触摸那已经被游客触摸得油光锃亮的裸露树根，期盼千年杉王能赐给我们灵气，让我们把平安、健康、幸福和吉祥都一起带回家。

神农谷的山涧里，缭绕的云雾交织在一起，形成了变幻莫测的云海。那像雾、像雨，又像风的奇妙风景带着神秘与妖娆，令我们疑是误入了仙境，陶醉得禁不住想置身其中，让那缥缈的云雾洗去我们红尘的世俗和浮躁，在飘飘欲仙的陶醉里让思想沉淀，让灵魂升华。

脚踏神农架的圣土，感觉自己就是山的女儿，是"野人"和野兽的同类，是一个真正的"野人"，而那"野人"的秘密就聚集于自身。仿佛这里所有的山语、石话、树音、泉声、鸟鸣……一切有生命的东西都是诗，是画。在这里，哪怕是随意的一举手、一投足、一触、一碰都是画中的风景，是艺术之美，是真善美的化身。

我多想挽住大自然的诗情画意，栖息在神农架的青山绿水之中，感受大山的谦逊，享受纯天然氧吧的滋养，与世无争，与人无争，与红枫一起共舞在神农架的秋风，与松鸦一起叫醒神农架的黎明，与野人一起收割神农架天边的白云……

未曾离开神农架，就期盼能再次投入她的怀抱，领略她的风情神韵与无限风光。

巍巍武当山

　　武侠小说家金庸大师笔下的那神乎其神、落笔生花的武当山令人神往。当我于 2010 年 10 月与她零距离接触时，心中沉积已久的向往，在巍巍武当山的自然和谐与道教文化的浸染中得到了释然。

　　武当山，又名太和山，位于湖北省丹江口市境内。面临碧波荡漾的南水北调源头——丹江口水库，背靠苍莽千里的神农架林区，绵延 800 里。她以其绚丽多姿的自然风光、举世罕见的古代建筑、博大精深的道教文化、玄妙绝伦的武当武术融为一体，构

◎侯延昌　摄

成了一幅道教理想的、天人合一的人间仙境。头戴"国家5A级风景名胜区""中国道教第一山"和"世界文化遗产"三顶桂冠。将峨眉山的秀、华山的险、庐山的幽、黄山的雄集于一身，形成了以奇为主，兼有雄、险、幽、秀等多重特色，绚丽多姿。分为玄岳门、太子坡、南岩、金顶、琼台和五龙宫六大风景区。

清晨，太阳光把喷薄四射的光芒无私地洒向大地。我们乘坐的旅游大巴沐浴着晨阳，穿行在丛林包围着的盘山公路上，双行的柏油路犹如一条灰色的飘带飘浮于丛山峻岭之间，每个弯路转弯处的路边都立着一个又大又圆的凸镜，以此来让转弯处来往的车辆和行人都能看清路上的状况，为安全旅行提供了切实可行的保障，体现了当地政府对发展旅游业的重视。

由于武当山上的植被多是常绿乔木，虽然季节到了深秋，却依然郁郁葱葱，生机盎然。

旅游大巴把我们拉到了山腰，我们开始一步一步地用脚丈量着石阶，用体力与艰辛领略步步登高的乐趣，一路攀爬着去朝圣。抬头仰望或转身低首俯视，众多的游客如同蚁行般地移动在这苍莽的大山之中，让我们不得不感叹：人在大自然面前是何等的渺小！

我们旅游团一行的12位娘子军，一边大口大口地喘着粗气，一边奋力攀登，尽管早已精疲力竭，但是，都不曾有过放弃的念头，用"不到长城非好汉"的格言相互鼓励着，导游用"游武当山，不去金顶就等于没到过武当山"的导游词激励着我们向金顶一路攀登。

上金顶，用文字表述十分简单。绕过九曲十八盘的山路，进入南天门后，那依山开凿的弯曲长廊，攀九连蹬，再盘旋而上就到了金顶。然而，在那弯曲的长廊，无论身手多么敏捷的人，很多时候都要手脚并用。暮秋的山风吹得身着单衣的我们不住地打战，然而，还爬不到半山腰就已汗流浃背、气喘如牛了。

当我们站在海拔1612米的素有"一柱擎天"之称的天柱峰上时，一种成就感令我们欣然陶醉。站在金顶远眺，令我们真正体会到"一览众山小"的壮观。脚下，武当山的七十二座奇峰异岭飘荡于云彩之间，天是那么湛蓝悠远，云是那么的飘逸皎洁，峰是那么的挺拔陡峭，林是那么的苍翠葱郁……身临这如诗如画的景致里，仿佛令我们将天上人间的美景一下子都尽收了眼底，欣然陶醉得忘乎所以。

◎ 侯延昌 摄

我们在感叹"七十二峰朝大顶"的壮观景象的同时，无不为天柱峰之巅屹立着的金碧辉煌的金殿而叫绝。那是我国最大的钢铸镏金大殿，修建于永乐十四年，整个金殿没有一根钉子，全是铸好各个部件后运到山上搭建而成的，铆合甚密，看起来浑然一体。如今，她送走了600多年的昼夜更替，走过了600多年的严寒酷暑，经历了600多年的风雨雷电，却依然固若金汤，崭新如初，让我们不得不惊叹这人类建筑史上的惊世杰作。金殿内的供桌上一盏油灯从永乐十四年（1416年）点燃，无论风多大，依然是火苗熊熊，不摇不摆，长明不灭，一直延续到了600多年后的今天。它就

是《西游记》中孙悟空参拜武当山，向荡魔天尊玄武大帝求助的那盏定风仙珠下的神灯。科学的物理现象揭示了金殿的构造之巧妙，密不透风，空气形不成对流，故而神灯长明，消除了人们惊叹不已的疑问。

太子坡又名复真观。它背依狮子峰，右为天池，雨时飞瀑千丈；左为十八盘，环境清幽，景色秀丽。相传依据"铁杵磨针"的传说修建而成，取太子回心转意而修行之意。太子坡门内，依山势的回旋起伏，建有夹墙复道，曲曲弯弯，犹如波浪起伏，故名"九曲黄河墙"，大有曲径通幽之意。

在通往太子坡的石阶上，直起腰身，无论你置身哪个台阶，

◎ 侯延昌　摄

　　你都会惊奇地发现：往下看，是一片又一片的坦途；往上看，则是一个又一个的石阶。这样的建筑布局无不让人称奇，它寓意承载着"平步青云，步步高升"的美好愿望。这是太子的父母，也是普天之下的父母对子女最真诚、最美好的祝愿。

　　武当山的古建筑，雕梁画栋，蔚为壮观，巧妙的设计，精巧的布局，无不让人称奇叫绝。那"一柱十二梁"的古代木构建筑，经过数百年，至今依然保存完好，堪称人类建筑史上的奇迹。

　　夕阳的余晖洒满西边的天空，把巍巍武当山涂上一层金辉，赋予她一种神秘的色彩。我们在时光老人的催促之下，怀揣依依惜别的情愫，乘坐索道下山。坐在缆车上，任凭一根缆绳吊着缆车滑行，往下看谷深壑险，苍莽幽深，犹如万丈深渊，心里不免忧心忡忡，紧张兮兮。然而，即使坡度再大，缆车的吊绳依然与地面垂直地载着我们平稳滑行，让我们很快消除了紧张心理，轻松自如地坐在缆车上俯瞰武当山的七十二峰、三十六岩、二十四涧、十一洞、三潭、九泉、十石、九井、九观、三十六庵堂、七十二岩庙等自然景观巧妙地结合而构成的奇特天然古画。

　　巍巍武当山，绵延800里。她那群山绵延的磅礴气势和仙谷幽幽的道教文化巧妙地融合在一起的优美意蕴，让人流连忘返，给人无限遐想的空间。

人间仙境三清山

　　缘于"三清山仙境不寻常"的"诱惑"，我和三个女同事于2011年丹桂飘香的金秋10月一拍即合，来到了享有"清绝尘嚣天下无双福地，高凌云汉江南第一仙峰"之殊誉的三清山，一览她绝美的自然风光。

　　三清山位于江西省上饶市境内，总面积有229平方千米。它

由 10 个大的风景区组成，其中三清宫景区、玉京峰景区、西海岸景区和南清园景区四个风景区尤为著名。她经过了 14 亿年的地质运动，集天地之秀，纳百川之灵，历经风雨沧桑，形成了举世无双的花岗岩峰林地貌，成为华夏大地上的一朵风景奇葩。三清山以"奇峰怪石、古树名花、流泉飞溅、云海雾涛"并称自然四绝。兼备"泰山之雄伟、黄山之奇秀、华山之险峻、衡山之烟云、青城之清幽"，被国际风景名家誉为："世界精品、人类瑰宝、精神玉境。"因玉京、玉虚、玉华"三峰峻拔、如道教三清尊神列坐其巅"而得其名。她以自然山岳风光称绝，以道教人文景观为特色，于 2011 年 9 月 6 日被国家旅游局正式授予"国家 5A 级旅游景区"称号。

　　旅游大巴经过一个半小时的颠簸，把我们载入了三清山的秀

美风光里。仰望巍巍三清山,一座座群峰拔地而起,直插云霄。山腰处,云蒸雾绕,楼阁点点,人影如蚁,飘忽其间。经过一夜秋雨的漂洗,三清山的秋意更加缤纷绚烂:绿色的植被在阳光下绿意莹莹,葳蕤葱郁;枫叶仿若新娘的盛装,火红艳丽;大片大片的野菊花金光灿烂,流光溢彩;花岗岩在初晴的阳光里炫目着独特的色彩,显得更加璀璨……

金沙索道的一根缆绳吊着我们乘坐的缆车于高空中悠悠滑行,俯瞰,脚下是万丈深渊,谷深壑险,怪石嶙峋,不免让人胆战心惊。然而,不管多大的坡度,缆绳都恣意地垂直于地面,让缆车安然无恙地悠悠滑行,令我们狂跳的心也渐渐随之趋于平静。稳下神来,再一次俯瞰,三清山如同一幅多彩的山水长卷铺展开来,好一派"万山红遍,层林尽染"的景象!谷底顽石交叠,飞奔而下的急流激起翻卷的浪花,如同银链闪耀于山间,咆哮着奔泻而下。平视,一座座奇峰横空出世,或坐或立,或想或思,或怒或喜,或传经或布道,栩栩如生,令我们不得不感叹大自然的鬼斧神工,天机独运;仰望,群峰屹立,山石俏丽,悬崖上的苍松翠柏如同山花一样斜插在峭岩边,让山石因此而刚中带柔,妩媚横生。我们足不着地,一路风送雾伴,登上了海拔千余米的三清山。

走下缆车,我们游览了三清山的西海岸、阳光海岸、南清园三个精华景区。

西海岸位于三清山的西部。这里奇峰耸立,异石陡峭,险如刀削,因为无路可走,很多隐匿于山中的绝美风景游人根本无法看到。2002年江西上饶人用钢筋和混凝土,在海拔1600多米的凌空,修建了一条长4公里的空中栈道,这条栈道在绝壁上横空

出世、向外悬挑、堪称世界
之最的高空栈道，是世人称
道的风景线，与奇异的自然
景观协调相处，相映生辉。
其中3600米没有一级台阶，
最窄处仅有90厘米。游客
到此，必定是背部紧贴万仞
崖壁，任凭脚下松涛阵阵，
极目远眺，更有气势汹涌的
云海弥漫至天际。栈道就像
一条空中的飘带系在三清山
的腰间，云里来雾里去，托
起三清山的美景。同时，栈
道本身也成为一道亮丽的风
景。故而应了一句话：路因
景而生，景因路而活。

　　人们在栈道上行走游览，
任凭山风吹拂，任凭松香氤
氲，任凭云雾缭绕，虽然下
临万丈深渊，上接缭绕云
雾，却如履平地，令人从容
淡定地体会云中漫步、飘飘
欲仙的感觉。

　　我们陶醉于大自然鬼斧
神工的同时，更让人惊叹上

饶人巧夺天工的栈道设计和惊世创举。仅仅五个多月的时间，他们克服了常人无法想象的困难，用智慧和汗水，浇筑了一道横空出世的高空栈道。开创了整个工程没死伤一人、没砍伐一棵树木、没破坏一点原有自然景观的罕见奇迹，创下了世界高空栈道的吉尼斯纪录。

　　南清园是三清山自然景观最奇绝的景区之一，海拔在 1577 米。南清园东北，金沙索道站上方的司春女神是三清山标志性的绝景。原名女神峰，又名司春女神，海拔 1180 米，通高 86 米。整座石峰造型如同一位秀发披肩的端庄少女，神态祥和，天设地造，鬼斧神工，惟妙惟肖。亿万年来，女神端坐山巅，默然注视着芸芸众生。世人认为，她是东方神圣，春天的化身，因而又称为"东方女神"。

　　"巨蟒出山"是三清山的绝景之一。它海拔在 1200 米，垂直高度 128 米，是由风化和重力崩解而成的巨型花岗岩石柱。峰身上有无数道横断裂痕，她虽然走过了亿万年的昼夜更替，历经了亿万年的严寒酷暑，遭受了亿万年的风雨雷电，但是，却依然屹立不倒。顶部扁平稍细，峰腰处最细，形似一条巨大蟒蛇，穿山破地，昂然腾空而出，直欲冲天而上，故名曰："巨蟒出山。"此景刚毅多姿，有移步换形之妙，在不同的方位变幻出不同的景观，呈现出"弯刀石""仙翁顶仙童""白娘子醉酒现原形""定海神针""骆驼"等多种惟妙惟肖的自然景观。

"司春女神"与"巨蟒出山"左右向上，岿然屹立，象征着宇宙天地阴阳和谐，三清山道天人合一的惊世绝配和无与伦比。

景区中还有"九龙戏凤""老道拜月""玉女开怀""仙姑晒鞋""猿猴观海""仙人指路""和尚打伞"等自然景观，无不栩栩如生，令人流连忘返。

导游说我们这次的三清山之旅，适逢了不为多见的雨后初晴，看到了三清山最美的雾涛云海。一夜蒙蒙秋雨之后，第二天一早天放晴，三清山雾气腾腾，云雾缭绕。雾中观山，别有一番情趣。雾时有时无，时大时小。雾大时，天地间雾蒙蒙的一片，整个三清山都溟蒙在云雾的缭绕里，给人一种欲盖弥彰的感觉，如同一帧大写意的山水长卷，初露的山巅，朦朦胧胧，轮廓粗狂；雾小时，弥漫山头，群峰或被盖头，或被缠腰，好似抱琵琶半遮羞的妩媚少女，尽显俊秀与妖娆；天放晴时，阳光以无形的双手撩开雾的纱衣，将一座座山峦裸露出来，让三清山的奇峰异石与花草树木在阳光里格外清晰，让山更青，树更绿，花更艳。

"司春女神"至玉台一带是十里杜鹃林。有的杜鹃树高达数米，直径达 40 多厘米，树龄达 1700 多年，实属罕见。可惜我们

此次游览，没有赶上盛花期，未能一睹那"丹青施尽未够红"的漫山遍野的红杜鹃。这里的杜鹃花的孕花期如同女人怀孕一样，都要经过十月怀胎。抬头看看杜鹃树，已有小小的花苞在绿叶间随着秋风的吹拂若隐若现。为了明年能更好地奔腾绽放，这一个个小小的花苞还要汲取7个多月的日月精华来积聚力量，酝酿精彩。漫步于十里杜鹃林，随着导游绘声绘色的讲解，我的思绪于不知不觉间开始驰骋，恍惚间，仿佛自己已身处杜鹃花开时，徜徉于十里杜鹃花海中，飘逸于沿途的团团彩云里，陶醉于阵阵的花香氤氲里，如梦如幻，飘飘欲仙……

三清山的松有的破顽石而生，有的盘石而长，有的挺立于峰巅，有的垂直于峭壁……由于它们受到了高山风、霜、雪、雨、雾等自然气候的影响，且多两株并生，树冠平展，枝丫曲折，造型千姿百态，神态各异，气度非凡。比如生死相依松、姐妹松、连理松、华盖松等。

生死相依是位于南清园一线天景观上的两棵松树，一枯一荣，两棵松树相互守护着，默默地经历了数百年的风雨沧桑，依然不离不弃地牵手相依。姐妹松位于天门崖上，树冠平展，枝叶相连，像一对孪生姐妹，挽手玉立，默默地迎来送往一批又一批的游客。

　　虽然此次旅游只是游览了三清山的一小部分景点，却让我领略到了她峰峦云海的雄壮、奇石嶙峋的神韵、松柏虬枝的奇异，解读了秦牧老先生"云雾的家乡，松石的画廊"的诗意内涵。这座令我今生都难以忘怀的巍巍青山，她以其秀色可餐的自然景观撼动了我的灵魂，以其博大精深的内涵陶冶了我的情操。

　　三清山之旅，让我由衷地感叹：人间亦有仙境在，尘世自有杜鹃开！

花如雪

又到四月芳菲时，春风吹暖了情怀，春光点燃了激情。

星期天上午，我和丈夫按照事先的约定，乘着四月的春风，沐着四月的阳光，骑着单车到郊外去郊游。我们出了小区大门沿中华路一路向西，还未出城，就被一阵淡淡的清香牵引。我们大口大口地呼吸着这馥郁的清香气息，一边走着，一边四处张望。

◎杨青雷　摄

◎ 和庄 摄

　　"你快看！那片梨花开得多好啊！"顺着丈夫手指的方向，我看到了绿地公园的那片梨树开满了梨花。我们嗅着沁人心脾的阵阵清香，望着那片白如雪的梨花，相视一笑，不约而同地朝着那片盛开的梨花走去，让预定的郊游搁浅在梨花如雪的美韵里。

　　望着那簇簇拥拥的梨花，咀嚼着"冷艳全欺雪，馀香乍入衣"的韵味，犹如身陷列国的春秋，咫尺古人的笔墨。不知不觉里，我们都沉醉在那沾衣欲飞的清香里。那股子清香的味道——不浓、不妖、不艳，带着甜甜淡淡的清香气息。凑近一闻，肺腑含香，仿佛让人连骨头都酥软了，像是轻轻闭了眼就能看到了满树硕大圆润的黄金梨压弯了枝头。

　　远远地望去，那满树灿然的梨花如雪似玉，一株灿似一株，

成方连片地簇拥在一起，一丛丛、一簇簇、一团团，满枝、满树、满园，开得洒脱灿然，开得触目惊心。

烂漫的梨花，白如雪、纯似玉、灿若云……似乎要以她耀眼绝尘的白颠覆整个世界，白得干净、白得张扬、白得纯粹、白得脱俗……仿若是雪堆云涌，银波琼浪，若不是枝丫间有些许隐约可见的嫩绿逸出，你会以为枝头是被层层叠叠的积雪覆盖。

梨树的千万枝条恣意伸展，枝条前半枝开满了密集的雪白梨花，那洁白的花瓣，淡红的花蕊迎着春风像是向我们点头微笑，又像是欲对我们开口说话；枝条后半枝上打满了密密匝匝的花骨朵，还有无数的枝条正在孕育着新的梦想。我一度怀疑，那些柔软的枝条或许是不堪忍受春天的重负才压弯了腰身，如同拉满的弓箭，那些簇簇拥拥的花朵和花骨朵待命弦上，只等春雷的战鼓擂响，春风的黄旗一声令下，就一起射向苍穹，让那万箭穿过春天的心脏。

春风轻拂，枝头摇曳的梨花，牵动天边的白云，在阳光镀亮的薄雾中悠然微笑，仙姿蹁跹，宛若一袭丽人旖旎弄琴，若有若无的音韵给人以无边的遐想。

置身花如雪的烂漫里，面对纯洁的自然之美，我浮想联翩，多想孕育一番悠悠诗情，挥洒一首前无古人、后无来者的《梨花赋》，在文学的圣典里开出一朵流芳后世的奇葩，可惜我没有深厚的文字功底，只得在唏嘘不已的喟叹里欣赏着梨花的纯洁与灿然而不停地举起相机，连连按动快门，剪辑浓浓的春意，定格大自然的美丽，凝结这花如雪的美丽……

如若润如酥的春雨淅沥而下，晶莹的雨滴洒落花瓣，你会看到梨花带雨的妩媚与娇羞。细雨在春风里轻轻飘洒，娇柔的花瓣

终究抵不过雨水积聚的重
负，无奈化身落英，一瓣一
瓣地在哀叹里哭泣着离开枝
头，飘飘摇摇地扑向大地的
怀抱。洁白而柔软的花瓣铺
展在地上，上面积聚的雨滴
如同花瓣的眼泪，湿润润
的，晶莹剔透，如一帧优美
雅致的风景画，又似一块淡
雅而别致的地毯。望着满地
的落英，让人不忍心落脚从
此走过，担心会破坏了那道
风景的优美，抑或是踩痛了
那些流泪的花瓣。

望着那些缤纷的落英，
不免心生凄凉。黛玉的一
曲《葬花吟》从古唱到今，不知道伤了多少人的心，沾满了多少
人的泪，牵动了多少人的情？只待雨过天晴，春风吹拂，阳光普
照，原来那些羞羞涩涩的花骨朵，便会赶趟儿似的，一夜之间又
开满了枝头，引来无数蜂蝶蹁跹起舞。

望着满树的灿然，我忽然想起台湾女诗人席慕蓉《一棵开花
的树》里的诗句：如何让你遇见我 / 在我最美丽的时刻 / 为这 / 我
已在佛前求了五百年 / 求佛让我们结一段尘缘 / 佛于是把我化作
一棵树 / 长在你必经的路旁 / 阳光下 / 慎重地开满了花 / 朵朵都是
我前世的盼望……

默念着优美的诗句，感觉这一树一树的梨花就是树木的情诗和语言，是人们对美好爱情的殷切期盼。不是吗？除了爱情，还有什么能与一场盛大的绽放和凋落相媲美？人生如果没有爱情，怎么能变得生动而美好？

明明知道，再美的绽放也会凋零，可所有的花木依然会像梨花一样，只为一季的从容，用尽所有的力量来赴这一季的花事，心甘情愿地开，一丝不苟地开，发奋努力地开，全心全意地开，开到荼蘼，开到精彩，开到美得不能再美！

人们在爱情面前又何尝不是像梨花一样呢？明明知道，世上的爱情不会有梁祝化蝶的永恒，不会有卓文君夜奔的浪漫；明明知道，爱上一个人，会受伤、会心疼、会心碎、会失望、会流泪……可当爱情真的来了的时候，又有哪一个人不是全心全意地让那美好的爱情，在青春里绽放、在生命里盛开呢？

不管是草木的花事，还是人类的爱情，只要曾经一度热烈地绽放过，纵然是凋落，回味起那曾经有过的花如雪、情似海的最美时刻，即使在睡梦里，也会幸福地笑醒……

百草园和三味书屋

　　最初知道百草园和三味书屋，是初中时代从语文课文——鲁迅先生的回忆性散文《从百草园到三味书屋》中得知的。四十多年以来，我一直心怀向往，可总以为遥不可及。没想到若干年之后，我以游客的身份置身其中。

　　当时，《从百草园到三味书屋》全文我都能倒背如流。四十多年一晃而过，时至今日，文章里的一些语句和段落，我依然还能背出来。那时，对于鲁迅先生的那篇文章，我仅限于机械地背诵，并不能理解文章的深刻内涵。

　　当我置身百草园和三味书屋的时候，鲁迅先生笔下那段温馨的童年往事、妙趣横生的童年乐园、私塾的童年求学经历，那些高大的皂荚树，紫红的桑葚，可爱的蟋蟀和知了，都曾为鲁迅先生的童年带来了无穷的乐趣，让人回味无

穷，感慨万千。

一路跋山涉水，真实地置身于百草园和三味书屋的时候，一种恍然如梦的感觉油然而生，同时，也激动不已。那一刻，仿佛只有徐徐清风才理解我当时的心情。呼吸着鲁迅先生生前曾呼吸过的空气，一边在他童年的乐园和私塾里游览，一边打捞着鲁迅先生笔下的场景，又一边将眼前的情景与鲁迅先生笔下的场景一一对照起来。那时的我平心静气，连眼睛都不敢眨一下，唯恐会错过或漏掉某些景致，就那么满怀激情地游览着，对比着……

百草园，为周家新台门族人家所共有的一个荒芜的菜园。平时种一些瓜果蔬菜，秋后用来晒稻谷。它是鲁迅先生童年的乐园。园内，菜畦依然碧绿，石井栏依然光滑，皂荚树依然高大……这一切都历经沧桑，早已斑驳陆离，有的已非原物，可它们依然还坚守在那里，营造着鲁迅先生笔下的百草园固有的原貌。此时，因为季节的缘故，也没有"鸣蝉在树叶里长吟"；"泥墙根一带"，也没有油蛉的低唱，蟋蟀们的弹琴，也没有斑

蝥可"用手指按住它的后背"，让它"啪的一声，从后背喷出一阵烟雾"……

"冬天的百草园比较的无味；雪一下，可就两样了"。我们没有看到白雪覆盖的百草园，可我一想起鲁迅先生以简洁素净的手法，所叙述的扫雪、撒食、支筛等程序繁多的铺鸟过程，一幅幅栩栩如生的画面就浮现在眼前，令我仿若穿越时空，看到鲁迅先生和他的小伙伴们铺鸟的情形，也仿若回到我们小时候，爷爷带着我们几个孩子在院子里，扫开地上的一片雪，撑起竹筛铺鸟的画面。不管是鲁迅先生和他的小伙伴们，还是小时候的我们，捕到鸟的时候，总是时而欢呼雀跃，时而屏气凝神，时而怅然若失……

可惜好景不长，鲁迅先生在百草园无拘无束的快乐时光就画上了句号，家人把他送到了一家私塾去求学，而且又是绍兴最严厉的私塾。他便心怀各种猜测——"也许是因为拔何首乌毁了泥墙罢，也许是因为将砖头抛到间壁的梁家去了罢，也许是因为站在石井栏上跳了下来罢……"不管是何种原因，他都只得万般不忍地向童年说了声：再见了我的蟋蟀们！再见了，我的覆盆子们！再见了，我的百草园！

"从一扇黑油的竹门进去，第三间就是书房。中间挂着一块扁道：三味书屋。"这个"三味书屋"便是鲁迅先生童年就读的私塾。我一直很喜欢"三味书屋"这个名字，它既富有诗意，又带有哲理。以至于我想要在自己的书房挂上一块写有"三味书屋"的牌匾。我想，这大概是对鲁迅先生的老师的"方正、质朴、博学"的品质敬畏的缘故吧！

三味：有人说是经书之味、史书之味和子书之味；也有人

说鲁迅先生的老师亲口说过：三味是指布衣暖、菜根香、诗书滋味长。

从鲁迅先生的老师对"三味"的解释来看，他是一个非常有个性的人。老先生姓寿名怀鉴，字镜吾。清朝同治八年考中秀才之后，就再也不参加科举应试了。终生以坐馆教徒为生。共教书六十年。每年收徒不超过八个。

三味书屋室内的匾额、桌椅、对联等皆为当时的旧物。我静静地看着"三味书屋"的匾额，还有那匾额下那"肥大的梅花鹿伏在古树下"的画，以及"须发花白了，还戴着大眼镜"的瘦瘦的老人的画像，感觉那里的一切都那么的熟悉而又陌生。直觉告诉我，画像就是鲁迅先生的老师——寿镜吾老先生。我与老先生静静地"对视"着，恍惚间，我忽然感觉他像是瞬间复活了一样，面带着"微笑"，"将头仰起，摇着，向后面拗过去，拗过去"，大声地读道："铁如意，指挥倜傥，一座皆惊呢；金叵罗，颠倒淋漓噫，千杯未醉嗬"，他那略带沙哑而又富有磁性的声音，仿若在我的耳边回荡……当寿老先生读书入神的时候，却没有发现，他的学生们正在他的眼皮子底下，偷偷干着各式各样的事：有用纸糊的盔甲套在支架上做戏的，有用"荆川纸"蒙在小说的绣像上描画的……

孩子们在三味书屋学习期间，要受到规矩的束缚。书屋正中的塾师桌上有一把戒尺，想必是寿镜吾老先生用来惩罚他的坏了规矩的学生用的。除此之外，书屋还有罚跪的规矩。但是这些都不常用。对于不听话的学生，他通常只是瞪几眼，大声道："读书！"

鲁迅先生的书桌最初在书屋的南墙下，由于别的学生经常出入后院，会影响他学习，就要求塾师把他的座位移到了东北角。鲁迅的书桌是一张带有两个抽屉的硬木书桌。据说他书桌右下角

有一个一寸见方的"早"字。那是他当年亲手刻上去的。一次，鲁迅因故迟到，受到塾师的严厉批评，于是，他就刻下了那个"早"字，用以自勉。从此，他就再也没有迟到过。可惜书屋门口因拉了警戒线，我们不能走到鲁迅先生的书桌前，目睹他当年刻下的那个"早"字。

"三味书屋后面也有个园。"那个园虽然很小，但是，它盛满了鲁迅先生的童年乐趣。在靠近书屋的那棵树下，有三个头戴瓜皮帽、梳着小辫子的小男孩正玩得不亦乐乎。其中两个男孩席

地而卧，另外一个俯身弯腰看着他们两个入迷地做游戏，也随他们两个进入了入迷的状态。或许，他们三个都陶醉在游戏里，一玩经年，无论多少游客的造访，都不能惊扰或中断他们的游戏。按照鲁迅先生的叙述，不知道他们是在寻蝉蜕，还是捉了苍蝇喂蚂蚁？也不知道他们三个当中究竟哪一个是童年的鲁迅先生？

童年的鲁迅先生的求知欲很强，他除了完成塾师规定的《四书》《五经》等功课外，还多方寻求课外读物，如《尔雅音图》《癸巳类稿》等等，他读书并不死记硬背，而是注重理解和掌握。他曾制作了精美而小巧的书签，中间写着读书三到——心到、眼到、口到(朱熹《训学斋规》)。因为他读书都按照"三到"的方法，所以比别人学得快，学得好，为此常得到塾师的称赞。

世事难料。那个曾在百草园和三味书屋的绿荫下和白雪里玩耍的孩子，历经了风雨，最终变成了尖锐犀利、深刻张扬、钢筋铁骨的斗士，他紧握手中匕首般锋利的笔，直面惨淡人生，直剖国人的劣根性，直插敌人的心脏，成为中国文学近代史上一颗耀眼的巨星。

◎金山春晓　姚继平　摄

秦王避暑洞

　　到巨野金山游玩已过去半月有余，可金山腹地的秦王避暑洞依然在记忆的行板上漫溯，牵动我的思维，令我情不自禁地用十指敲击着键盘，以文字来临摹着它的胜景。

　　巨野境内有山三十座左右。因地势低矮，有的有实无名，有的有名无实。金山却因秦王避暑洞而久负盛名。

　　秦王避暑洞位于巨野金山南坡，是一处历史罕见的人工开凿工程。因洞内冬暖夏凉，又名清凉洞。有诗赞曰："六月入得避暑洞，清凉如水世间无。"

秦王洞相传为秦始皇东巡泰山时建造的驻跸行宫，故称为秦始皇避暑洞。又传秦王李世民带兵征战，曾在此歇兵避暑。经考证，实为西汉昌邑王刘贺营而未用的废冢。相传当时掘墓穴时挖出了金子，便不敢再挖了，金山便"因凿石得金而名"。这个洞神就神在冬暖夏凉、泉水甘洌，又传人们喝了这里的水，既能延年益寿，又可以医治百病。公元626年，秦王李世民东征时身体疲乏，在金山大洞内避暑三日，士气大振，此后征战连连旗开得胜。不久后，登基做了皇帝。金山因此而名气大振，灵圣之说也越传越奇。此后人们将金山大洞称为秦王避暑洞。1947年，刘邓大军攻打羊山时，据说指挥部就设在避暑洞内，刘邓观战台就在洞口。现在站在那里往南看，可以看到羊山上的人民英雄纪念碑。避暑洞神奇地保护了我军将领，在鲁西南大地以及江苏徐州

◎金山大佛　姚继平　摄

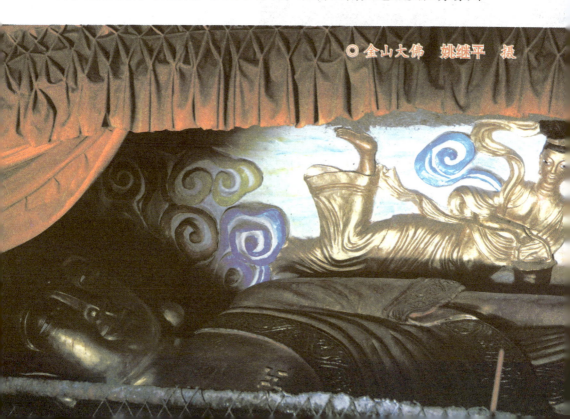

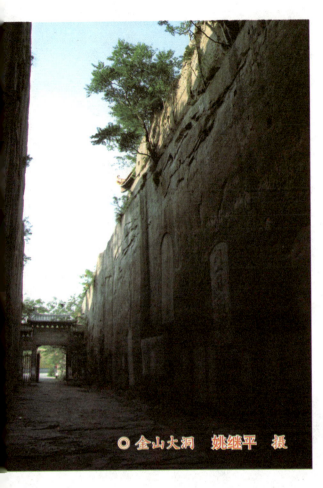

◎金山大洞 姚继平 摄

一带传为美谈。

避暑洞由明道、甬道、耳室、侧室、主室等九部分组成。总长约89.8米，最宽28米，石壁最高处15米，如劈如削。洞室整体结构布局严谨，开凿工整，鬼斧神工，令人惊叹，千古奇观，胜地佳境，吸引着历代众多的游客。有不少文人名士怀着几多感慨，几多赞叹，欣然命笔，留下了许多脍炙人口的诗句和精辟的考证石刻。有善男信女留言，有文人墨客题诗，如：明代崇祯年间，四五个文人携歌伎游山，会饮于此洞，题诗曰

《春日集饮金山洞》，其一诗为："巍巍石洞树苍苍，石窍生风宫殿凉。避暑仙翁何处去，空留明月照山房。"有官宦商贾之文，历代巨野知县多有诗题，如黄维翰曰："大野茫茫似砥然，一峰突兀起平川。历来登岱宜三月，行宫亭阁别有天。麟泽秀灵奈此地，鸿泥爪迹记当年。新来不识民未安，凭栏贪看万户烟。"

避暑洞甬道的左右石壁在与岁月的抗争中，因风吹、日晒、雨淋、雷击等自然现象的侵袭，森森然、悠悠然地显现出古洞的苍老。石缝之中，野树丛生，竞相仰天，像是要纷纷逃逸古洞的

© 金山大洞雪景　姚继平　摄

◎金山天王殿　姚继平　摄

◎金山雪霁　姚继平　摄

掌控。两壁石刻清晰可辨。宫道两壁上现存宋朝以来的石刻44块，具有较高的史料价值，成为珍贵的历史文化遗产。石刻以明代万历年间为最多，"大明禅院"为御赐，香火鼎盛一时。道光年间，巨野知县黄维翰的大字石刻"别有洞天"，笔势险劲，意态俊逸，颇具大家风范。石刻有僧人记事，如宋僧人邓御夫的《清凉洞记》道出秦王避暑洞的来历："此洞古老，相传秦王避暑宫也……"宋、金、元时期，这里曾为佛寺，香火旺盛，经久不衰。洞门上方的"敕赐大明禅院"六个大字依稀可辨，为金大定三年所刻。多数石刻已残缺不全，苔痕斑驳，杂草丛生，苍幽凄凉。

避暑洞的主洞内，一尊金色的卧佛安详地静卧于洞内，仿佛刚刚苏醒了一样，容光焕发，侧身而卧，以佛光慧眼洞察着苍茫红尘。站立佛前，我不由得思绪驰骋：或许，卧佛所卧之处曾是秦王、秦始皇的寝床；或许，我所立身之处，曾是秦王和他的部下，抑或是刘邓大军的将领们商议作战计划、拟定作战方案之地……这避暑洞内，冥冥之中，似乎还隐匿着他们众所纷纭的情景，还残存着他们斗志昂扬的气势，还滞留着他们生生不息的气息。

这苍茫的石洞，早已看不出曾经的繁华与喧嚣，寻不到当年轰轰烈烈的情形与壮观场面，觅不着曾经兵戈相见的血腥气息……屏息静观，让人感到一种苍凉的气息在四周弥漫……往往众多人聚集的地方，在喧嚣散尽之后，总会留下漫长的寂静，寂静之后，便是苍凉。

金山因为地势偏僻、道路不畅等诸多原因，前去参观游玩的人并不多。避暑洞作为历史的见证，在日渐一日的衰败和冷清中与岁月抗争着……

叹绝壁长廊

　　初秋的蒙蒙细雨淋湿了万仙山的所有景致，从而让万仙山的山更绿，石更红。我和女儿随旅游团乘坐着旅游大巴一路颠簸，来到了万仙山绝壁长廊风景区。

　　绝壁长廊位于太行山腹地的万仙山，距河南辉县 70 公里处的一个海拔 1752 米的原始村庄——郭亮村，它处于山西和河南两省交界处的密林山中。这里秀峰突兀，石径崎岖，红、白龙溶洞深邃，喊泉银瀑悬壁。有着泰山的巍峨，华山的险要，嵩山的挺拔，黄山的秀丽，原始而荒古，真实而自然。

　　置身绝壁长廊的窗口处俯身看一眼旁边的万丈深渊，禁不住冷汗涔涔，浑身战栗。望着峡谷对面的绝壁，它与脚下的绝壁一样的笔直峭立，一样的高耸入云，不说攀登，就是这么远远地观望就会令人望而生畏，头晕目眩。不免感叹这长廊何以造就？

导游滔滔不绝的讲解，无不令人瞠目结舌，这条以25度斜面，宽6米，高4米，长1250米的隧道竟是郭亮村的13名壮士在无电、无机械的条件下，历时5年，一锤一钎地人工凿出的绝壁长廊。

千百年来，郭亮村人仅以天梯与外界沟通，几乎是与世隔绝地生活在这深山老林里。在当时，天梯是郭亮村人的生命梯，也是郭亮村人的苦难梯、贫穷梯。曾有民谣说：层层石阶级级险，辈辈出山步步难，悠悠岁月年年走，嘘嘘喘息声声叹，赳赳硬骨拳拳心，叮叮铁锤当当钎，铮铮盟誓谔谔言，爷爷不叫孙孙攀。郭亮村人世世代代绕天梯出山，祖祖辈辈都期待能修一条出山路。1972年，不安于现状的郭亮村人在村党支部书记申明信同志的带领下，决心向命运抗争，向自然环境挑战，向绝壁要生路、要通道。于是，就在村里挑选出13名青壮劳力，组成突击队，用土专家、土办法在红岩绝壁上测出隧道线，聚在天梯下举拳

◎张国强　摄

面壁,发誓要凿穿绝壁,打出通向山外的大路。

绝壁长廊于 1972 年 3 月 9 日开工,13 名壮士置自己的生命安危于不顾,腰系大绳,吊在半空中,手握钢钎,凌空举锤,一点点凿打岩石,凿出一洞后,人逐渐进入洞中,再一点点向四周凿开去,钢钎凿赤岩,铁锤破石壁。郭亮村海拔高,无霜期短,一年种一季,粮食总收成不过 3.5 万多公斤,人均口粮 100 多公斤。当时,13 名壮士享受村里最优厚的待遇,每人每天 1 公斤玉米,1 角 2 分钱伙食费,一日三餐玉米粥、玉米饼、窝窝头,春天吃野菜,冬天配咸菜。

郭亮村上至 70 岁的老人,下至 6 岁的娃娃,人人上工地。大石块用力搬、挪、抬、翻,从天窗推到崖下;小石块装进筐、篓、篮里,从天窗倒到崖下。清理石渣中,人人肩头成茧,十指流血。当时他们在隧道外侧凿出的 35 个天窗,仅是为了便于排

◎ 张国强 摄

石渣，而如今却成了通风透光的观景台。

在凿隧道期间，第一年，13 名壮士中有 1 人坠崖身亡，郭亮村人找了 3 天才找到了他的尸首。为了纪念这位英雄，郭亮村人给他举办了全村最高规格的葬礼。为此，他们当时甚至动摇了，停工了两个月。然而，不甘与世隔绝的信念再度点燃了郭亮村人不安于现状的激情，他们又鼓足了士气，投入到艰辛而紧张的施工当中。第三年，也在凿壁过程中，顶上掉下一方石块，砸中一人，也当场身亡。如今历经沧桑岁月，13 名壮士中还有 4 人健在。但是，不知道还是否能从他们沧桑的皱纹里读出当年的雄壮？不知道现在他们生活得怎样？也不知道他们现在过得还好吗？

1975 年年底，工程进入了最艰苦的阶段，当时的郭亮村人已经卖光了山羊，砍光了树木，吃光了粮食，再也抠不出一分钱来。这时候，山西省陵川县林场来联系劳务，在莲花山上挖栽树的鱼鳞坑，一亩山坡挖 150 个，每个坑长宽各 60 公分，深 30 公分，挖一亩 3 元钱。一个壮劳力 4 天才能挖一亩。就是这样的价格，全村男女老少都出动了，早上 5 点钟起床，爬 5 公里山路去挖鱼鳞坑，挖了一冬一春，挣到工钱 3100 多元钱。支部书记把钱拿到村里后，100 多口人围着他，让他赶快到城里去买钢材、雷管、导火线、炸药。

郭亮村的绝壁与太行山断层一样，属砂质沉积岩，硬度达到 8.3 级，一支钢钎只能打 10 厘米深，就得淬火。打 10 厘米的炮眼，十来斤重的铁锤要打 4000 次，开凿郭亮洞，究竟打了多少个炮眼？抡了多少次铁锤？是谁也无法统计的天文数字！在建设过程中，共投工 6 万个，清理石渣 2.4 万立方米，消耗钢钎 12 吨，铁锤 2000 个。当时，郭亮村投资 8 万元，2001 年又投资 40 万元进

◎ 张国强 摄

行了扩修。这组天文数字，该是怎样的量化概念？！1977年5月1日，郭亮村人用5年时间打通了这南太行第一个横穿绝壁、号称"太行隧道之父"的隧道，汽车穿越了太行腹地，从此天堑变通途。这条绝壁长廊，被日本裕田影视公司惊称为"世界第九大奇迹"。

如今，郭亮村人告别了昔日与世隔绝的封闭生存状态，以山岭秀美、石舍独特而闻名，峰峦叠嶂，山清水秀，洞奇瀑美，潭深溪长，质朴的石舍，纯朴的山民。村寨里朴实随处可见：石磨、石碾、石巷、石桌、石凳、石床、石阶、石房、石坝、石路、石桥、石斧……让人完全沉浸在石头的奇妙怀抱之中。一幢幢、一排排浑心石到顶的农家庄院，依山顺势地坐落在千仞壁立的山崖上，以其特有的魅力，招徕了大批中外游客，也受到了影视家、艺术家们的厚爱。它就是太行明珠——一个闻名世界的秀美山村——郭亮村。

"妈妈，郭亮村人真了不起！有了郭亮村人的精神，没有干不成的事情！"当我还泪眼迷蒙地沉醉于郭亮村人开凿绝壁长廊的艰辛之中时，女儿轻轻地推着我，发出由衷的感慨。

仰望隧道内数以万计的道道凿痕，这些凿痕好像还沾有郭亮村壮士们不曾风干的血汗；那褐红色的断面，宛若是郭亮村人当年十指浸出的鲜血染红了这山体，它像火焰一样点燃了郭亮村人走出大山的信念。望着这道道凿痕，仿佛当时一锤一钎凿隧道时飞溅的火星在脑海里飞溅。久久地凝望着隧道，阵阵酸楚和悲凉袭上心头。这是何等惊人的创举？这是何等艰辛的工程？这是何

© 侯雅祥 摄

等撼人的奇迹？这是……是啊，郭亮村人了不起！他们付出了无以言说的艰辛，用自己的血汗和生命挑战了人类的极限，创造了举世罕见的奇迹，改变了祖祖辈辈走不出大山的生存环境，造福了子孙后代。他们堪称是第一个吃螃蟹的人。愚公移山是一个神话传说，而郭亮村人开凿绝壁长廊的创举却上演了一个真实的愚公移山的现实剧。

郭亮村人用比石头还坚韧的信心开凿绝壁长廊的惊人创举，把自己书写成举世敬仰的英雄，让子孙后代感恩戴德，铭记在心，让世人肃然起敬！

◎ 侯雉祥　摄

秋日荷塘

　　早想一睹曹县万亩荷塘"接天莲叶无穷碧,映日荷花别样红"的盛景,可缘于种种原因一直都未能如愿。终于在这个秋风送爽的季节,随着菏泽市文联组织的"黄河情"采风团来到万亩荷塘,与这万亩荷塘相识在这秋日的黄昏。

　　夕阳西下，湛蓝的天空浮动着几朵悠悠的白云，玫瑰色的暮色流泻而下，像蒙太奇的手法，给整个河塘都涂满玫瑰色，使之平添了一份神秘，眨眼间，天上的彩虹如同落在了这荷塘中，只是这彩虹桥上没有那个叫织女的仙女。

　　秋日的荷塘，苍凉而落寂。它没有了接天莲叶的无穷碧，没有了别样红的映日荷花，没有立在尖尖荷角上的千年蜻蜓，唯有那高高的荷柄努力地高举着如伞如盖的荷叶，寂寞地摇曳在风里，任凭秋风一点点地抽去它们的水分，一点点地掠去它们的绿色，一点点地将它们变褐、变黑，一点点地令它们枯萎……待一季繁华谢幕之后，那些中通外直的荷茎将会以直着、弯着、弓着、垂着的姿势，舞蹈在这苍茫的荷塘；那些曾经无穷碧的接天莲叶也终将以灰色、褐色、黑色作为最终的存在色彩而触及人们的视线。

　　阵阵秋风吹拂，那些镶着褐色边缘的绿中泛黄、黄中带绿的荷叶随风而舞，掀起层层彩色的波浪，高高低低的荷叶起伏着，舞动秋日的风情。偶尔有三五成群的白鹭抑或是灰鹤飞翔隐没于荷丛中，低飞的燕子也时不时地触及荷叶，生动灵韵，如诗如画。淡淡的清香，沁人心脾。望着这色彩斑斓的荷叶田田，随风起伏的层层波浪，那种接天莲叶的壮阔之美，会令你蓦然心旷神怡，飘然若仙，欣然陶醉在这秋日荷塘的美韵里。

　　"秋阴不散霜飞晚，留得枯荷听雨声"，品赏着唐朝诗人李商隐在《宿骆氏亭寄怀崔雍崔衮》中的诗句，静心观赏着这秋日的荷塘，虚拟一个"秋阴不散"的意境，以荷叶为伞，独步在这阴雨蒙蒙的荷塘，静听着雨打荷叶宛若"大珠小珠落玉盘"的天籁声，静观着荷叶上那大大小小的雨滴随风滚动着"荡漾不成

◎栾晓 摄

圆"的诗情画意，独守一份清幽，独享着一份"清夜坠玄天"的清冷与萧瑟，那该是一种多么优美的意境？那将是一种多么美好的享受？

　　"我像只鱼儿在你的荷塘，只为和你守候那皎白月光，游过了四季，荷花依然香，等你宛在水中央……"伫立荷塘，凤凰传奇柔美动听的嗓音在心头回荡，优美的韵律蓦然把我带到了月光皎洁的荷塘。在这静谧的荷塘月色里，悄悄剪下一段缓缓流淌的时光，让它流进这微微荡漾的月色里，流进自己的心事中，借助月神的怜悯与月辉的抚慰，拂去尘世的怨，抹平情事的伤，让《荷塘月色》的梦想，演绎成美梦成真的幽幽梦幻，和心爱的人儿一起，摒弃红尘世俗的束缚，抛开日常琐碎的羁绊，牵手漫步在荷塘月色里，赏荷塘，嗅荷香，听蛙鸣，观月亮……那将是一

◎宋晓 摄

种多么美好的情调，那将是一份多么浪漫的意境，那将是一帧多
么美好的画面！

　　荷叶随风摇曳，摇碎了夕阳。远远望去，有几个隐隐约约的
人影晃动在夕照里，隐现在荷丛中。或许是因了好奇心的驱使，
我们径直向着那晃动的人影走去。近了，才看清是一男六女在挖
莲藕。六个乡村装扮的女人都尚处在中年。其中五个女人手执铁
锹，一锹一锹地翻动着黑黝黝的湿地，动作却是那么的轻盈娴
熟，姿态是那么的优美婉约，像是让手中铁锹与翻动的湿泥一起
舞蹈。她们迅速而准确地挖出的一根根莲藕，不破不损，完整无
缺。男人和其中的一个女人把五个女人挖出的莲藕收集起来，小
心翼翼地放到旁边的机动车上。收集莲藕的一男一女看起来俨然
是一对夫妻，他们眼角的余光监督着五个女人的劳动。无疑，他

们是荷塘的承包者，是老板，而那五个挥锹挖藕的女人是受他们雇用，他们在用眼角余光监督五个女人的劳动。在劳动力大量外出打工的今天，或许男人是因为承包了这方荷塘才留守下来，而这些留守的女人无疑是家乡生产力发展的中坚力量。

挖藕处，大片大片的荷被割得肢折头断，东倒西歪，狼藉满地，褐色的茎叶像是脆得一碰就碎，其实，褶皱间的灰色质地里还残留着隐隐的绿色，用手摸一摸或是抓一抓，你会感到还有柔韧劲道的生命力。

同去采风的一行人有诗人、作家、摄影家、音乐家等。看着挖藕女人挥锹自如的优美情景，这些艺术人士一个个跃跃欲试，想模拟着女人们的动作，体验一下劳动的乐趣，于是他们便一个个争先恐后地轮番上阵。嗬！别看他们有的能写出优美的华章，有的能摄出绝美的图片，有的能谱动听的曲谱，可铁锹在他们的手里却显得那么的桀骜不驯，笨拙不堪。手里握着的铁锹，倒像是一个不能驯服的嚣张怪兽。也难怪人们会说：隔行如隔山！当他们艰难倾力地蹬下铁锹的同时，"咔咔嚓嚓"的脆响声也便随之入耳，那声无疑是被斩断莲藕的凄吟呐喊。翻开湿地，那白白的圆润如臂的莲藕已血肉模糊，肢断身残，张着无助而哀怜的眼

131

© 邹爱武 摄

睛，苍茫地怒视着残害它的人，无奈地任凭白色的血液恣意流淌。尽管是肢断身残，可那些缠绵的藕丝还在扯扯连连。我可怜的多情妹妹哟，事已至此，你还在与谁藕断丝连？

"这么大的荷塘，哪怕能有一朵荷花也好啊！"望着这一望无际的万亩荷塘，有人忍不住哀叹。

"快看啊！这里还真有一朵秋荷！"有人在路旁的河沟里发现了一朵绽放的荷花，像发现了新大陆一样，惊喜得孩子般地呼朋引伴，邀大家同赏那朵绽放在夕照里的秋荷。

荷塘间的道路如同唐诗平平仄仄的韵脚，把满荷塘的诗句都变得生动而优美起来。路边的河沟两旁，白杨树卫兵似的挺立着，不时有片片的落叶随风飘零，河坡上与河岸旁荒草萋萋，写满了秋日的苍凉。小河内却是另一番景象：河水清清，碧波悠悠，靠近丁字路口的小桥处，一片茂盛的碧荷打破了秋日的荒凉，宛似夏荷般的葱郁，硕大而舒展的荷叶片片如伞如盖，层层叠叠地伸展在水面上方，青翠欲滴，绿毯一般。一朵秋荷兀自在无穷碧的荷叶簇拥下独自绽放。娇艳粉嫩的花瓣如同羞涩的少女，簇簇拥拥地围抱着若隐若现的金黄的花蕊，自然天成，妙趣横生。或许，正是因为这河岸与树木的庇护，才给这片秋荷营造了一个茂盛如夏的适宜环境，让一片荷错乱了季节，让这一朵荷花独放在秋天的枝头。

十几个人手执相机，对着那朵独自绽放的荷花，从不同的角度迅速按动快门，让它的美韵在相机里、电脑里、图片里绽放成一种"出淤泥而不染，濯清涟而不妖"的永恒，绽放成生命里的温馨时刻，绽放成一种美好的记忆。面对众人的围观和镁光灯的闪烁，那朵独自绽放的莲花泰然自若，宠辱不惊，依旧坦然地把

生命的美丽高高地举过头顶。

秋风阵阵，河面上荡起的层层涟漪绕着荷茎荡漾着，那一片碧绿的荷叶一波一波地翻动着绿色的波浪，那朵独放的荷花随风摇曳，它不需要冠压群芳，也不需要成为春天的使者。它拥有自己的季节，即便是一个苍凉的秋季，萧瑟的秋风，也阻挡不住它的盛开。它静静地独自绽放，如同一个身姿婀娜的女子在碧绿的舞台上蹁跹起舞，舞动着大自然的经典，舞动着生命的绝唱，舞动着自己的生命轨迹。在这独幕剧谢幕之时，它同样亦不需要任何人的喝彩与掌声，在静默的时光里，守住瞬间的繁华，守住刹那的凋零，守住孤独与寂寞，守住生命里每一个安静的日子，一切都按照自己的生命规律，静静地谱写自己的生命之歌。

望着这朵秋荷孤独地盛开，寂寞地摇曳，我忽然想起文友夜雨在QQ里的个性签名："我自如莲！"或许夜雨所说的莲就像这朵孤独寂寞的君子之莲。我自如莲！我自如莲！……我一遍遍地在心里反复默念着，心头的疑问油然而生：我如莲？还是莲如我？或许，五百年以前，抑或是一千年以前，我就是佛前开得最美的那朵莲，静守着佛前的青灯，寂寞地盛开了百年千年，那热情洋溢的绽放，那独守寂寞的超然，那与世无争的淡泊，感动了佛祖，于是，佛祖便点化我来到了人间，来到了这秋日的荷塘，与这朵独自绽放的秋荷相遇相识。

我如同这朵独自绽放的秋荷一样，守着自己的孤独和寂寞，独舞在文字的舞台上，安享一份"宠辱不惊，闲看庭前花开花落；去留无意，漫观天边云卷云舒"的淡泊与闲适，雕刻着自己的生命轨迹，书写着自己的人生历程。

"出淤泥而不染，濯清涟而不妖，中通外直，不蔓不枝，香远益清，亭亭净植，可远观而不可亵玩焉。"宋代思想家、理学家周敦颐在《爱莲说》里的诗句，荡涤过千百年的风霜雪雨，依然还是对莲的最高赞赏。这千年的诗句像是专门为赞美这朵独自绽放的秋荷而写。或许这朵莲花，根本不懂这些，也不领情人们对它的赞扬与褒赏，它只在自己的世界里，按照

◎ 邹爱武　摄

大自然的规律，孤独地盛开，寂寞地凋零。

看着那朵独放的秋荷，再看看那些对着它连连按动快门的艺术人士，他们中的每一个人不都是一朵独自绽放的秋荷吗？他们一个个在不同的艺术领域里，不贪恋花前月下的卿卿我我，不迷醉红尘世俗的灯红酒绿，不屑于金钱地位的诱惑，如同这朵独放的秋荷，超然物外地守候着一个个孤独寂寞的日子，在追求艺术高峰的道路上，艰难地跋涉，奋力地攀登……

夕阳西下，采风车缓缓启动，我们依依惜别这秋日的荷塘。

隔着车窗眺望，晚霞已由玫瑰色渐渐变成了火红的颜色，流

泻在这秋日的荷塘，把荷塘映照得更加神秘，更加迷人。秋风拂动，那满荷塘摇曳的荷叶，如同一只只高高扬起的手掌，连连摇动着与我们依依作别。

秋日荷塘坠玄天！望着这儿的秋日荷塘的夕照美景，我在不知不觉中篡改了韦应物在《咏露珠》里"秋荷一滴露，清夜坠玄天"的诗句……

与牡丹对白

　　暮春。我沿着春风的走向，来到曹州牡丹园，来一场与牡丹的对白。

　　"花开花落二十日，一城之人皆若狂""唯有牡丹真国色，花开时节动京城"……这些脍炙人口的咏牡丹绝句，以倾城观花的盛况，烘托了牡丹的国色天香。尽管无数次赏读牡丹，却少有写牡丹的文字，唯恐笔墨的匮乏有损牡丹之美。然而，当我再一次置身曹州牡丹园、凝望着满园牡丹花开的情景之时，涌动的激情给了我书写的勇气。

曹州牡丹园始建于明代，是国家 4A 级旅游景区，坐落于菏泽市牡丹区人民北路。以赵楼园、桂陵园、天香园等牡丹园为基础合并而成，包括主题牡丹观赏区、曹州牡丹古谱区、桑篱园古谱花田区、牡丹芍药科研展示区等十二大景区。牡丹品种多达 1237 个，芍药品种 600 多个，是世界上牡丹、芍药种植面积最大、品种最多的植物园林。

沿着迎宾大道东行，迎面的苍松翠柏苍劲挺拔，直插云霄，以侧枝编成的人物、鸟兽和牌坊等，惟妙惟肖，栩栩如生，令人无不惊叹园艺师的匠心独具。

春风阵阵，主题牡丹园里花香袭人。牡丹花的香气纯正淡雅，不浓不腻，清香怡人。一望无际的牡丹田被柏油路分割成一畦畦、一方方、一片片，形成了一个集紧凑、协调、美观于一体的花园式园林。

身为地地道道的菏泽人，对倾国倾城、雍容华贵的牡丹早已司空见惯，审美也早已疲劳。可到了曹州牡丹园的主题牡丹园，嗅着牡丹花的阵阵清香，我疲惫的审美像是被激活了一样。那盛开的牡丹花成方连片，一棵接着一棵，一朵连着一朵，朵朵都扬起笑脸，挤挤挨挨地簇拥着。无论是单瓣花，还是千层花，都以最美丽、最饱满、最鲜艳、最绚烂的姿势示人。我想，她们一年来拼命地向大地汲取养分，向日月索取精华，或许就为了一季的绽放，为了将极致的美举过头顶。

放眼一望无际、缤纷绚烂的牡丹花海，红的像火，粉的像霞，白的像雪，蓝的像海，黄的像金……我说不出究竟哪一棵、抑或哪一朵牡丹花最美，只感觉自己被美包围，被美沦陷，被美淹没……陶醉在美轮美奂的花海里，瞬间忘却了时间，忘却了年龄，也忘却

了烦忧……那一刻，我感觉自己仿若变成了牡丹仙子，徜徉在牡丹花海里，聆听牡丹花开的声音，品赏牡丹绽放的美丽……

一棵棵牡丹枝繁叶茂，竞相吐蕊，缤纷绚烂。一丛丛、一团团的牡丹花，红的如血似火，白的如云似雪，粉的如霞似锦，黄的如桔似金，色系缤纷，姹紫嫣红；单瓣花、多层花、千层花、宝塔型、菊花型、台阁型、绣球型……千万株牡丹竞相开放，千姿百态，争奇斗艳，各具风韵。

每一方牡丹的醒目位置，都立有一方镂空牡丹雕刻的精致铜牌，用汉、英两种语言简要介绍牡丹的色系、花形、植株、长势、成花率以及花期情况……魏紫、赵芬、姚黄、二桥、葛巾、玉版、酒醉贵妃、粉中冠、冠世墨玉、紫瑶台……每一个品种的牡丹，都有一个诗意的名字，每个名字的背后都有一个神秘的传说故事。

葛巾、玉版两位牡丹仙子的汉白玉雕像巍然屹立在牡丹园中，她们早已都珍藏起自己的爱情故事，日复一日、年复一年地守护着牡丹园的安宁，在每年的牡丹盛花期，迎来送往络绎不绝的游客，护佑"花如海，人如潮"的壮观景象。

铜铸的十二花神雕像，在国画馆站成了一道独特的风景，把各自的或神话或传说的故事晾晒在牡丹台上，以满足游客们的求知欲望。

蜿蜒的花溪两岸，垂柳依依，弱柳扶风。人影、花影、树影倒映在水中，微风拂动，波光粼粼，一幅天然的水墨画铺展开来，将牡丹园蜿蜒成了东西两部分。

牡丹文化广场上，火红的牡丹魂，形似一朵盛大的牡丹花，气势磅礴，蔚为壮观。广场边的文化柱石依次排列开来，那雕刻精美的浮雕，承载着牡丹的前世今生，以及菏泽的重大历史事件、历史人物和风俗民情等，菏泽的历史与文化在这里浓缩，菏泽的文明从这里起步……

牡丹温室内，常绿植物映衬着催花的牡丹。这里是国内最大的现代化牡丹室内展室，可自动控温、控湿。一年四季，天天都

有牡丹盛开的景象。这让人们忍不住将之与武则天"怒贬牡丹"的故事联系在一起。

相传武则天登上皇位后，在一个大雪纷飞的十冬腊月，她醉酒后突然兴致大发，想游上苑，便挥笔题一首《腊日宣诏幸上苑》："明朝游上苑，火急报春知。花须连夜发，莫待晓风吹。"写罢，她让宫女拿到上苑焚烧，以报花神知晓。诏令焚烧以后，吓坏了百花仙子。第二天，武则天游上苑时，看到苑内百花齐放，却唯独一片花圃不见花开。细问后方知是牡丹违命，武则天一怒之下便命人点火焚烧，并将那片牡丹全部连根拔起，从长安贬到洛阳的邙山。然而，那些已烧成焦木的花枝一入土，就又扎下了新根。来年春天，满山葱郁，一株株牡丹昂首绽放，众花仙子叹服不已，尊牡丹为"百花之王"。"焦骨牡丹"也因此而得名，成就了至今长盛不衰的"洛阳红"。

正是缘于这个传说，让我惊叹牡丹雍容华贵的同时，更佩服她不畏强权与誓死不屈的风骨。

古时，连贵为女皇的武则天，都不能令牡丹在寒冬时节盛开；而如今，一代又一代的牡丹培育者、抑或花农呕心沥血，经过不懈地努力，潜心研究，反复实验，终于感化了不惧强权的牡丹仙子——研制出了催花牡丹，掌握了一系列的牡丹催花技术，从而使得牡丹的花期听任花农们的安排。正是他们，用勤劳的双手，书写着牡丹故事，描绘着菏泽更加美好的明天。

如今，我作为一名菏泽人，以用手中的笔，倾情为牡丹和牡丹园画像，为牡丹花着色，与牡丹对白，期待牡丹在菏泽大地上更加倾国倾城，雍容华贵。

节日的大明湖

　　早在初中时代，我就被语文课本上老舍先生的优美散文——《济南的冬天》中那济南的山、济南的水、济南的自然风光所陶醉，她的神秘美韵一直在召唤着我，让我对其充满无限向往。

　　虽然去过济南无数次，却总是在匆匆复匆匆里，与济南的三大名胜之一的大明湖擦肩而过。今年正月初三，我和丈夫手挽着新年的余韵，走近了向往已久的大明湖。

　　"四面荷花三面柳，一城山色半城湖"，这副写照大明湖旖旎风光的千古名联，流溢出大明湖诗情画意的神韵。如今，冬风

◎邹爱武　摄

侯明军 摄

拂动，大明湖没有了"接天莲叶无穷碧，映日荷花别样红"的诗情，没有了绿柳拂风的画意。湛蓝的天空下，大明湖抛却了红花柳绿的纷扰，浸润在节日的喜庆里。耀眼的大红色点燃了大明湖畔的每一个角落，这红色的主旋律将大明湖装扮得如同盛装的新娘。大红春联、大红灯笼、大红鞭炮、大红地毯，还有孩子们身上的大红衣帽以及被他们攥在手里的大红气球……这耀眼的大红，鲜艳夺目，人们习惯用这火红的色彩，打开新年红红火火的日子。

在红色的海洋里，最招摇的要数大红灯笼了。一个个灯笼，身着大红衣衫，头顶亮黄色的盖头，胀着圆滚滚、饱鼓鼓的红肚皮，随风摇曳着金黄色的丝线尾巴，飘逸，轻柔，娇俏，妩媚……无论你从大明湖的东、南、北、西南四个门中的哪一个门进入，迎接你的都是一串串两方连续的大红灯笼布成的方阵甬道。这醒目的火红，营造出一种影视剧里的皇家贵族婚庆或庆典

◎和庄 摄

时才有的隆重喜庆氛围，会让你蓦然拂去残存于内心的阴霾、浮躁和不快，让一种赏心悦目的激情盈满心田。

在这苍茫的冬季，绕湖甬道两旁的垂柳早已不见了一季的繁华，灰褐色的枝条赤裸地摇曳在风里。如今，在这新年的喜庆里，每一棵柳树上都挂上了一串串大红灯笼。大红灯笼招摇地倒映在大明湖的波光潋滟里，与那看似不再僵硬的垂柳枝条一起共舞冬风。

大红深处，一尊栩栩如生的二龙戏珠冰雕，洁白如玉，晶莹剔透，在耀眼的阳光下，闪闪熠熠地眨着泪眼，将自己一点点消融，化作龙年最美的祝福，铺展在红尘深处……

大明湖畔人流如潮。甬道两旁，商贾云集，各种商品在此集会，各地小吃在此荟萃，各种行业在此交融……

大明湖北岸锣鼓喧天，人头攒动——人们在一方空地的四周围起了里三层、外三层的人墙，大有水泄不通之势。我和丈夫凑

◎ 侯明军 摄

◎ 侯明军 摄

热闹般地赶过去，借机一点点钻着人缝挤入其中，方知道是各地的民间艺术团在这个平地的舞台上轮回表演。

最让人喜闻乐见的是高跷表演。踩高跷的是戏装男女，或"驼子回门"，或"花子骂相"，或"八仙过海"……他们走台步，一招一式都和着节拍。乐器就几样锣鼓，翻来覆去就那几个曲牌，如"丑丐"及媒婆出台演奏的"绺绺金""六子"等。

高跷、腰鼓、花鼓、舞狮、舞龙……一台台精彩纷呈的民间

◎ 侯明军 摄

◎ 杨青雷 摄

◎ 侯明军 摄

◎ 侯明军 摄

© 侯明军 摄

大戏在此巡回义演。精彩的表演，不时赢来阵阵喝彩与掌声，让我们看到了民间艺术文化的源远流长，感叹中国文化的博大精深。

沿着大明湖北岸的曲曲回廊慢行，有一个三间的水榭亭，让我的眼前一亮：它四周环廊，飞檐黛瓦，红柱曲栏，花格门窗，古朴典雅，诗意横生。当我的目光触及那块写有"雨荷厅"的匾额时，心头为之一震，蓦然想起琼瑶笔下的那个琴棋书画样样精通而又温柔典雅、娇俏动人的夏雨荷来。她冲破封建礼教的束缚，却又因为封建礼教郁郁而终。她曾在《还珠格格》中留下了最触动人心的台词："等了一辈子，恨了一辈子，怨了一辈子，想了一辈子，可依然感谢上苍，让我有了这个可等、可恨、可怨、可想的人，否则，生命将会是一口枯井，了无生趣。"

这个季节的雨荷厅，寻不见雨打荷叶如同珍珠落玉盘的诗情，找不着"小荷才露尖尖角，早有蜻蜓立上头"的画意，销匿了乾隆皇帝和夏雨荷两情相悦的情意缠绵……微风中，一柄柄枯荷苍茫地摇曳在水中，如诉如泣，不知可否是哪个幽怨的女子在与命运抗争的悲泣？

© 邹爱武 摄

　　大红灯笼摇曳生姿，大红地毯铺满甬道，大红鞭炮声声炸响，民间艺术表演的锣鼓喧天……此情此景，该不会让那个抚琴的忧伤女子穿越时空，误以为是乾隆皇帝在经过几百年的沉睡之后，终于又打捞起了曾经的美好记忆，心怀愧疚地前来迎娶她入宫。然而，当她憧憬了几百年的美梦再一次破灭之后，失望与悲凉将会再度积压心头，让她那双纤纤素手骤然拨动琴弦，让所有的音符都在风中哭泣，悲音震颤的余韵就会拂动得满池的枯荷摇曳……

　　大明湖的清澈，由众泉汇流而成，汇集于心魄的最深处。

　　湛蓝的天空下，阳光明媚，而此刻却是零度以下的气温，即便如此，湖里的水却不曾结冻。微风轻拂，湖面如同一面硕大而碎裂的镜面，从不同的方位折射着阳光，波光粼粼，微波荡漾，明净清冽，令人心明意净。哪怕只是看上一眼，你也会被她明澈的眼波掳掠住心，迷醉掉魂，如同面对那勾魂的情人，让你神魂颠倒，意乱情迷。

　　湖内的以及岸边停泊的各式各样的船只，为大明湖打造了一道亮丽的风景，平添了湖的生机。古色古香的画舫、古朴的摇橹让我们看到了历史的痕迹，豪华的烟波画舫让我们见证了社会的发展，人类的进步。有人喜欢乘坐烟波画舫，享受乘风破浪般的激情爽约；有人却偏爱摇动那伴着"吱吱扭扭"声响的摇橹，寻找着一种回归久远古朴的悠悠情韵。乘坐着乾隆皇帝曾经坐过的烟波画舫，感受着帝王般的尊贵。望着船只驶过，划破宁静的水面，水纹颤音般地扩散开来，缓缓地荡漾着，水在荡漾，身在荡漾，心在荡漾，心里蔓延的诗意也在荡漾……徜徉在水波之上，仿若眨眼之间，于湖岸上看似遥远的湖心岛以及岛上的树木都拂

◎侯明军 摄

去缥缈的朦胧之感，变得清晰而明朗起来。回头再看看岸边，人朦胧，树朦胧，大红灯笼亦朦胧。这朦胧的感觉给人一种因位置转换而产生的距离之美，如梦如幻，秀美而真实，让我在这唯美的梦里，久久地不愿醒来。

铁公祠内的小沧浪，为大明湖打造了一道亮丽的风光，亭榭

◎侯明军 摄

桥池相映，湖光山色共生，曲廊幽径，弱柳扶风，徜徉其景，如在画中。

走近大明湖，节日的喜庆氛围，那湖水的清澈澄明以及自然与人文景观的优美，都带着梦一样的神秘，慰藉着迷茫的记忆，润泽着生命的生机，我多想牵紧这梦的纤手，就这么悠悠地走下去，直至白发苍苍……

© 姜信一　摄

我本善良

　　西汉高后娘娘庙坐落于单县终兴镇潘庄村。它是为纪念历史上颇具影响力的吕雉皇后在原来的吕后庙的位置上重新修建起来的。如今，这座庙已被村庄包围，前面的空地上以及庙院内瓦砾杂陈，荒草萋萋，落叶满地，一派衰败景象。

　　两千多年前，一个叫吕雉的妙龄少女就是从这座庙的所在地——当时的单父县刘坊店吕堌寺村走出来，走向了人生的另一个战场——政治的大战场，她把自己的一生用智慧蘸着心血书写成了荣辱功过的历史。

　　吕雉乃汉朝创始人汉高祖刘邦的原配夫人，是中国历史上的三大女统治者（吕后、武则天、慈禧太后）的第一人。说到吕雉，人们便会自然而然地把她和刘邦与戚姬联系在一起，继而再联想到她的残忍。

　　吕雉和刘邦的婚姻如同古代众多的婚姻一样，带有很大成分的包办色彩。据记载，刘邦当时身为一个小小的亭长，身份低微，前途渺茫，却又游手好闲，不甘寂寞，终日感到壮志难酬。一日闲来无事，在街上闲逛，适逢从单父（今单县）迁来的大财主吕公祝寿。他两手空空前去祝寿，却在礼单上大笔一挥，写下一笔不菲的贺礼而赢得了上席。善于看面相的吕公得知这一情况后，非但没有把他轰走，反而看他器宇不凡，日后必能成大器，于是便把女儿吕雉许配给他为妻。事实证明：吕公慧眼识珠，但这不过是后话而已。可当时的吕老太却没有那么远大的目光，她埋怨吕公把女儿推进了火坑。哪知，正是吕公的这么一推，就推出了个母仪天下的皇后娘娘。

　　我们的冒昧造访，惊飞了树上的鸟雀，它们惊慌地在阴郁的天空盘旋着凄凄哀鸣。一阵秋风吹来，荒草摇曳，落叶飘零。踏着满地的荒草与落叶来到了吕后娘娘的塑像前，只见那个高贵的娘娘浑身上下都布满了灰尘，正襟危坐在两边随意挽起的破残黄帷幔里，身上雕塑的衣服斑斑驳驳，面前的香炉里似乎已看不到曾有香火燃烧过的痕迹，用来跪拜的蒲团上面也满是灰尘，已被移在别处，功德箱内寥寥几枚硬币散落在箱底，如同一只只圆睁着的幽怨眼睛。环顾四周，蛛网若织，几只小小的蜘蛛悠闲地吊在蛛网上，随着从门口吹来的秋风悠闲地荡着秋千。斑斑的鸟屎与灰尘相互叠积着，覆盖着……无边的凄凉里，唯有这些虫虫鸟

◎张芳华　摄

鸟不离不弃地陪伴着娘娘高贵的灵魂。

　　阵阵萧瑟的秋风吹拂着满眼的凄凉，令我不寒而栗。我静静地崇仰着这位两千多年前至高无上的娘娘，隐隐的哀伤触痛了我内心最柔软的地方，双眸里竟然于不知不觉中泛起一层淡淡的雨雾……光线幽暗，思绪纷乱，恍惚间，我仿佛感觉到：我正静静瞻仰着的吕后娘娘像似复活了一样，幽幽地穿越了时空，从高贵中走来，带着她原本的质朴与善良，看不到一点儿被世人所抨击的那种残忍的迹象，仿若脸上的表情也活跃起来——她无奈地挤出了一丝凄苦的笑容，眼睛里也像似蒙上了一层淡淡的雨雾，朱唇宛似缓缓轻启颤动……我与她——两个隔着两千多年光阴的中年女人站在了一起。我静静地凝望着她，时间一分一秒地悄悄而过，仿佛除她和我之外，周围的一切都不复存在……蓦然间，我仿若听到了吕后娘娘在凄楚地呐喊："我本善良！我本善

◎ 姜信一 摄

良！……"她凄楚的呐喊一声高过一声，声声都在撞击着我的耳膜，震颤着我的心扉……

吕后娘娘"我本善良！"的呐喊难道不是真的吗？

吕雉面对父亲一手包办的婚姻，一个貌美如花的豪门女，下嫁给了一个酒色之徒、游手好闲之辈，她感觉自己如同是被父亲押在赌桌上的一个赌注，一下子跌进了万丈深渊，彻底粉碎了她精心编制了多年的美好梦想，心理的落差让她难以承受。她曾埋怨过父亲的专制，也曾哀叹过命运的不公，然而，在纲常礼教面前，她还是把内心打翻的五味瓶悄悄地藏进心底，坦然面对现实，于生活中相夫教子，于平淡中享受天伦之乐。在共同的生活中，她对丈夫的感情即便达不到相濡以沫、举案齐眉的程度，却也是夫唱妇随、关爱有加。

一次，刘邦回家休假。吕雉带着儿子和女儿（日后的汉惠帝刘盈和鲁元公主）在田间劳作，巧遇一个老者路过向她讨水喝。吕雉见老者慈眉善目、气度不凡，便索性招待了他一些饮食。那老者吃饱喝足之后，作为报答，便为她们母子看相。老者说她们母子三人皆是大富大贵相。老者辞去不久，刘邦从屋舍来到田间，吕雉知道丈夫胸怀大志，为了激励他做一番大事，便把老者讨水以及为她们母子看相的事情说与他听，并说老者尚未走远，尚可追上。刘邦被妻子说动了心，于是便一路飞奔着追赶上老者，诚恳地要他为自己看相。老者似乎早已料到了这一切，他微笑着看了看刘邦，轻轻地点点头，说道："您夫人、孩子的富贵相皆源自于您，至于您命相的富贵程度，是难以用语言来形容的……"当初的刘邦虽然没有逐鹿天下的雄心，但老者为他看相时说的那一番话，却大大地激励了他追求富贵的信念。吕雉作为妻子的善良、体贴与激励，让他从老者的话语中获得了足够的信心，为他日后的辉煌起到了极大的推动作用。

刘邦逃亡芒砀山泽时，吕雉找到他的密友，随他们一道去给刘邦送饭，对于他们能够找到自己的藏身之处，刘邦感到奇怪。吕雉却回答："你藏身之处的天空上方经常飘有五彩云气，我们是顺着这股五彩云气找到你的。"可见当初在吕雉的心里，丈夫就已是"真命天子"。妻子的话正中刘邦的下怀，他听到后喜出望外。很快，刘邦头上飘有五彩云气的消息不胫而走，越来越多

的人知道了这些神秘而怪异的事情。于是，刘邦在人们心中的威望、地位便与日俱增，很快，很多沛县人都跟从了他。其实，事实很简单，如果吕雉和刘邦的那些密友缄口不言，这个怪异的事件是不会外传的。可见，正是吕雉等人的有意宣扬、刻意渲染，才使得刘邦在一种神秘的色彩里名声大振。可见，在刘邦困难时期，吕雉不仅尽到了一个妻子的责任，而且还冲破了传统家庭观念的束缚，在物质上和精神上给了刘邦莫大的支持与帮助，为他日后的发展与辉煌奠定了坚实的基础。

刘吕的结合之初，实属一对患难夫妻。起初，吕雉并没有过上锦衣玉食的日子，相反，倒是为了刘邦吃尽了苦头。刘邦逃亡芒砀山泽，吕雉为他送衣送饭；刘邦起兵之初，吕雉说服了家人，为他施以钱财，鼎力相助；刘邦在彭城打了败仗，吕雉和刘邦的父亲被俘作了人质，在楚营里度过了整整三年泪水浸泡的苦难日子。

作为有着血肉之躯的刘邦，回首与结发妻子走过的风风雨雨，想着妻子为自己所吃的苦、所遭的难、所受的罪，让他在心里打下了愧疚的烙印，他感觉自己愧对妻子。然而，这种愧疚并没有真正触及灵魂。

爱江山更爱美人是男人的天性。刘邦纵然有着《大风歌》里的冲天豪气，却也心怀儿女情长。当一个戚姓女子闯入了他的视野，那撩人心魄的柔情令他神魂颠倒，很快，便水漫沙滩般地抚平了他那还不曾触及灵魂的愧疚烙印，令他在戚夫人柔情万种的陶醉里忘却了结发妻子的存在。

刘邦于公元前195年4月驾崩，太子刘盈即位，史称汉惠帝。刘盈年幼羸弱，吕后控制了西汉朝廷的实权，被尊称为太后。为了铲除异己，为了抚平久积心头的累累伤痕，吕后办了一件让世人抨击两千多年的残忍事件：她将刘邦昔日最宠爱的戚夫人砍去手足，挖去双眼，熏聋耳朵，药哑嗓子，置于厕所里，任其悲鸣哀号，变成所谓的"人彘"。接着，又将戚夫人所生的赵王如意毒死。这些事从手段上来看无疑是非常残忍的，但是，这残忍的背后却隐藏着它的历史原因：刘邦在世时，戚夫人依靠自己的年轻貌美、舞姿、歌喉与那撩人心魄的柔情而妖冶惑君，得宠于刘邦，而多年来为刘邦呕心沥血、与他一起南征北战打下汉朝江山的结发妻子吕雉却被弃置一旁，忍受孤独、寂寞和冷落。当时，吕雉年仅四十岁，正处在一个欲火如织、骚动难抑的年龄，却不得不天天独守空房，度过一个个凄楚而寂寞的漫漫长夜。这对于一个女人来说，不仅仅是一种难耐的寂寞煎熬，更是一种莫名的奇耻大辱。更要命的是戚夫人曾三番五次地怂恿刘邦，要他废掉吕雉的儿子刘盈的太子之位而改立自己的儿子刘如意为太子。如若不是吕后依靠张良、周昌、王陵等一班老臣的极力阻止，又请来"商山四皓"极力劝说，戚夫人的"废嫡立庶"计谋就要得逞。如若戚夫人的计谋得逞，别说自己的儿子刘盈的太子地位不保，就连自己的皇后地位亦不能保住。试想：这是一种怎样的深仇大恨？后宫本来就是一个充满厮杀而又不见刀光剑影的无形战场。自古以来，权力之争就是一种你死我活的斗争，来不得半点的心慈手软。历朝历代的统治者面对异己，又有哪一个心慈手软过？吕后作为一个女统治者，对戚夫人的残忍不过是一种报复的发泄，这难道不是一种被逼无奈的必然结果吗？更何况，这种残忍仅发生在两个女人之间，并没有给天下的黎民苍生带来任何的灾难和痛苦。人们对弱者一向持有同情与怜悯之

心。在人彘事件中的吕戚之间，戚夫人无疑是弱者。于是，人们出于同情与怜悯之心便把锋利的舆论与谴责矛头指向了吕后，两千多年来，一直对她大加抨击。可人们在谴责吕后残忍的同时，怎么就不先看看戚夫人在刘邦在世而得宠时的风光无限与所作所为呢？这最终的结局难道不是她咎由自取的因果报应与必然结局吗？

在公元前197年7月，刘邦的父亲去世，在为太上皇治丧期间，被刘邦封为代地相国的陈豨举兵谋反，刘邦出师去代地征讨。这期间吕后又接密报：与陈豨交往甚密的韩信也参与了谋反，并作为内应将袭击皇宫。吕后知情后智诱韩信入宫，斩首于钟室。梁王彭越违抗圣旨，不去征讨陈豨，刘邦怀疑他造反，将其梁王封号撤销，降为贫民，迁居川地。在迁川途中正巧遇见吕

◎ 姜信一 摄

后，吕后又将彭越连哄带骗地带回长安，怂恿刘邦杀了彭越，除去了放虎归山的后患。并把他剁成肉酱分送给各地诸侯，以儆效尤。两千多年来，世人对吕后的"诛韩杀彭"事件大加抨击，可这些关系着国家的安定。如杀鸡儆猴，西汉初期的局面难以控制，政治就难以巩固。可翻开历史，历朝历代的统治者为了坐稳江山，又有哪一个不是用残忍的手段来铲除异己，用血腥来铺平自己的统治之路呢？

两千多年来，对于吕后的评价褒贬不一。可在她临朝称制的十五年中，她始终以治国安邦为己任，积极推行"约法省禁，与民生息"的政策，严明执法，善纳谏言，量才用人，赏罚分明，大力发展经济，富强了国力，使得百姓安居乐业，而自己却始终未曾称帝。在个人生活上并不像武则天那样贪淫好色，这确实是非常了不起的。

"我本善良！我本善良！……"吕后娘娘苦苦呐喊了两千多年，可缘于人们总是盯着她那页残害戚夫人与"诛韩杀彭"事件的历史不放，把她原本善良的光芒一再遮挡。可谁曾想过，她所有的狠毒都是事出有因，她所有的狠毒都是被逼无奈，她所有的狠毒都是历史的必然……

在眉山，只为遇见你

　　"明月几时有，把酒问青天。""但愿人长久，千里共婵娟。""大江东去，浪淘尽，千古风流人物！"……这些千古绝句，吟醉了多少人，又有多少人因此而知道了你，也知道了你的故乡眉山。

　　"唐宋八大家，眉山占三席。"能滋养出名垂青史的你们"三苏"父子，养育了享誉千古的你之眉山，究竟有着怎样的神奇？它在令我疑问与好奇的同时，更令我神往。是中国散文学会在眉山举办的"中国散文高端论坛暨冰心散文奖获奖作家东坡故里采风活动"的一纸邀约，让我如愿以偿地朝圣了眉山那方圣土。

在眉山，我只为能乘一叶时光倒流之舟，须臾飞渡，穿越千年而遇见你。再循着你的墨香，在你诗意的深处，把内心的斑驳写一纸素笺。

你是北宋文学家、书画家、唐宋八大家之一的苏轼。不，苏轼是志大才疏的宰相坯子，是一只蠕动的蛹；而你是一只被诸多贬黜流放淬炼蜕变成的蝶，是无人企及的千年文学巨匠苏东坡。当初的北宋人谁会想到，千年之后，你却被法国《世界报》评为影响世界的"千年英雄"。你的故乡眉山，千年来，总以你为豪，把你作为最大的名片，为你建造了一座文化底蕴丰厚的地理坐标——三苏祠。

三苏祠是一座富有四川特色的古典式园林庭院，是你与父亲苏洵、弟弟苏辙的"三苏"之家。它比北方园林多一点灵秀，

比江南园林多一点内涵。周围红墙环抱，绿水萦绕，荷池相通，古木扶疏，小桥频架，堂馆亭榭，掩映在翠竹浓荫之中。亭榭楼台，古朴典雅；匾额对联，词意隽永。半池荷花，卧听风雨，一泓流泉，静诉千年。

飞檐翘角的宋时庭院历经沧桑，带着古色古香的气息，依旧于青竹绿草之中沁出宁静与安详，一派恬然自得，肃穆内敛的格调。祠内的木假山堂、古井、洗砚池、荔枝树等苏家遗迹，启贤堂里陈列的三苏手迹、拓片和遗物等，以及那雕塑、影像与文字再现的一处处、一桩桩、一幕幕、一帧帧的百转千回的云烟过往，泛着历史的陈香，在墨香遗韵里，演绎着有关你的传奇。置身其中，令人恍若穿越了千年，与你"相遇"在旧时光里，"见证"你将人生书写成一部厚重的千年宝典。

　　说起你，就会想到你的母亲程夫人。她是一位伟大的女性，与孟子的母亲孟母、岳飞的母亲岳母并称"三大贤母"。你年幼时，父亲苏洵进京赶考，落地之后，便游学四方。你的母亲便承担起操持家务、教育子女的重任。后来，你在《记先夫人不发宿藏》一文中，记载了家人在院中发现有一处窖藏瓮罐，大家都觉得将发一笔意外之财，十分欣喜。可母亲告诫家人，君子不得贪财，故"夫人命以土塞之"。你弟弟苏辙在《亡兄子瞻端明墓志铭》中，记载母亲在读到《范滂传》时感慨不已，站在一旁的你忙问母亲，我如果成为范滂一样的反贪之人，母亲会赞成吗？她立马点头称赞道："我有一个刚正不阿、清正高洁的儿子了！"母亲的言传身教，奠定了你的世界观与人生观的取向。

　　影响你人生观的另一个人便是你的父亲苏洵。他二十七岁开始发奋读书，虽然起步较晚，但是他却以磨穿铁砚之势，锲而不舍地博览群书，苦读不休长达六七年之久，后来，终于一举及第。而你和弟弟苏辙，也同年参加科举考试，同台应试，同时中榜，被誉为千古美谈。在父亲的影响下，你和弟弟双双都喜欢上了文学，再加之你们从小就在母亲的教诲下勤奋好学，饱读诗书，年纪轻轻便胸有丘壑。后来，苏辙也成了宋朝杰出的文学家。正如三苏祠里清代名臣张鹏翮撰的门联赞三苏那样："一门父子三词客，千古文章四大家。"

　　三苏祠内，清风拂面，竹影摇曳。透过斑驳的竹影，我仿若看到了千年之前，你在那唤鱼桥畔的竹林边，邂逅了那个悄悄窥视你，从此就根植于你生命里的女子王弗。当时，你凝目欢喜，她满面害羞。后来，你们结为秦晋之好。那年，她十六，你十九；她温婉贤淑，你才华横溢；她香凝满室，你旷达豪放；她

为你辨别善恶而红袖添香，你为她痛改不羁而收心为文，演绎了一段鸾凤和鸣的人间佳话。然而，天意弄人，命运多舛，你们相濡以沫的姻缘刚刚走过十一年，她便撒手人寰，弃你而去。不难想象，那时的你，该是何等的沉痛与不舍！面对你年仅六岁儿子苏迈的哀号啼哭，你又是多么的柔肠寸断！

流年似水，冲不掉你对心中不老女神般亡妻的思念。白日的龙腾阁里，人们看到的是你的春风得意，可有谁知道，曾有多少个孤寂的幽幽长夜，你都将满腹的心事，默默倾诉给了千里之外的短松冈旁，那个名叫王弗的一缕香魂。尽管生死相隔，相逢无期，可你们的爱恋无人能比！要么，怎么会有"十年生死两茫茫，不思量，自难忘。千里孤坟，无处话凄凉……相顾无言，唯有泪千行。料得年年肠断处，明月夜，短松冈。"这样的千古绝唱，这情意缠绵、字字泣血的哀婉悼亡词，引流了多少人的眼泪，又撼动多少人的心肠？

置身眉山，闻岷江汤汤，观远山叠嶂，品人生百味，我多想走遍你走过的山川河流，看尽你看过的诗书画卷，再吟诵着你的诗词华章，哪怕是亲历你所经历过的苦难，与你千年前的往昔倾情相认，凝目重逢。

在那遥远的时空里，不管你是苏轼、子瞻、文忠、和仲，还是东坡与苏仙，我只想穿越千年的光阴，做你的同窗或好友，读你的清词绝句，懂你的荣辱悲欢；或做你的书童，为你铺纸研墨，陶醉在你墨香里；抑或追随着你的颠沛流离而与你毗邻而居，与你保持着不远不近的适宜距离，让你进进出出的身影盈满双眸，让你的诗词佳句滋养我的庸常生活；即便是这些都不成，那就让我做你身边的一竿竹或一株梅，抑或一方砚台或一管狼毫，静静地望着你，赏你的诗文，读你的心事……所有这些，都无关风花雪月与凡尘俗世，我只想以一个旁观者的姿态，与你相遇，看你于清风里放逐长短句，于坎坷流放中练就旷达，于苦难里寻觅清欢。

在遥远岁月的四季流转里，你如同高空飘摇的风筝，那根长线始终都被朝廷牢牢地攥在手中。在朝为官，你曾经做到了尚书、大学士，可"高处不胜寒"的无奈与你的"一肚皮不合时宜"，令你遭遇了历史上著名的"乌台诗案"。那是你人生最大的灾难。那年，你43岁。当时，奸佞小人故意把你的诗句扭曲，胡编乱造、生拉硬扯，把你拉到了"诽谤新法，藐视皇恩"的地步。那可是杀头之罪！你待在牢里，好几次都踏入了鬼门关。幸亏宋太祖定下了不杀士大夫的规矩，你才有幸免于一死。当然，死罪可免，活罪难逃，贬官是免不了的。你从黄州被贬到儋州，官越做越小，可你的诗词却越写越好。这南迁途中的风光和磨难成了你创作的灵感，可你所抒发的，不是杜甫那样"凭轩涕泗流"的惆怅，也不是李白"行路难，多歧路"的困惑，而是"谈笑间，樯橹灰飞烟灭"的豪放。你跳出了古代文人感叹谪居之苦、怀才不遇的漩涡，站在历史的肩头欣赏祖国的大好河山，以旷达的胸襟，给后人留下许多脍炙人口的诗词华章。

正如你的弟弟苏辙所说："东坡何罪？独以名太高。"是啊，

木秀于林，必遭摧之。你20岁名震京师，之后，一路扶云直上。这正是你招致羡慕嫉妒恨、引来烧身之火的根源。以至于让你在那以后很多岁月里，都在遭受贬黜流放，令你一路杭州、密州、徐州、湖州、黄州、登州、颍州、扬州、定州、惠州……最后到了儋州。于天南地北的辗转里，你踏出一串串坚实而深沉的脚印，却以"明朝人事随日出，恍然一梦瑶台客"的达观，超然物外地活出了自己的真性情。

你是豁达之人，不管命运怎样的不公，不管遭受怎样的厄运，也不管环境怎样的恶劣，你都一路风雨兼程地艰苦跋涉，在荒蛮之处顽强生长，在黑暗幽冥之中内心烛照，时刻保持着一颗平常的旷达之心，以"不以物喜，不以己悲"的哲思之境，于为官途中，敏于锐而践于行，尽职尽责，又尽心尽力地修桥、

治水、筑堤、办学……所到之处，你都以自己的勤政仁厚福泽后民，造福百姓。

先生，我敬佩你的达观：即便是再疼痛的日子，你也能咀嚼出诗意的韵味；无论是顺境还是逆境，你都活出了生命的内涵；无论是得意还是失意，你都欣赏身边的风景；无论是居庙堂之高还是处江湖之远，你都活出了真正的自我……你在赤壁赏月，在西湖种柳，贬到黄州能"长江绕郭知鱼美"，贬到惠州也能"日啖荔枝三百颗"，你抛却"春江水暖鸭先知"的云烟过往，怅望着一轮轮明月，"把酒问青天"，相信终将会"浪淘尽，千古风流人物"，将所有的日子，都因你心灵的力量而明媚与丰富。

先生，你达观的同时，又以高雅的情趣来涂抹日子的苍凉。于苦难中添一把柴，你就炖出了香飘千古的东坡肘子、东坡肉；你凭着心性的悠然，心存感念天地与爱梅之心，扫取 999 朵梅花蕊上的雪，于烟火之上炼成香品……你这种把艺术融入人生，又把人生打造成艺术的格调，渲染了流年，陶醉了散落一地的斑驳。

你的一生，怀才而不被朝廷知遇，却被山河牵挂，亦被世味熬煮。你把宋朝的伤与痛，把自己的悲凉与绝望，把宦海的沉浮，把命运的无奈，都潇洒地变成一场场修行，在参悟中转向云水遇故知，与友人结伴，寄情山水，寻胜访古，大量填词，四下传播文明与爱心，让所有的失意、疲惫、忧伤与颓废，都在疼痛中开出诗意的花朵，在磨砺中升华成一阙阙文气丰沛的不朽辞章。

总之，是不得志造就了你，是接二连三地被贬成就了你。但是这样的造就与成就，是何等的伤与痛！然而，你却以"一蓑烟雨任平生"的洒脱一笑置之。

瞻仰包公祠

　　从小看着戏剧《铡美案》长大，脸谱化了的包公那不畏强权、执法如山的高大形象，如同他眉宇间的一钩弯月，照彻我的心灵，令我对其敬若神明般地敬仰。

　　循着初夏的阳光，我和丈夫怀着对包公的崇仰之情，慕名七朝古都开封而来。在诸多的名胜里，我们最先瞻仰了包公祠。

　　包公名叫包拯，字希仁，北宋时期安徽合肥人，是中国历史上著名的清官，百姓称之为"包青天"。他的主要政绩特点是：

执法如山、铁面无私、关心民苦、为民请命、努力改革、兴利除弊、严惩贪污、廉洁清正。千百年来深受广大劳动人民的敬仰和爱戴。

包公祠是为纪念包拯而修建的祠堂，位于开封城西南的包公湖畔。它是一组气势恢宏，风格古朴凝重、肃穆典雅的仿宋风格的古建筑群。占地一公顷，由大门、二门、照壁、大殿、二殿、东西配殿、半壁廊、碑亭、灵石苑、假山等组成。古色古香的殿堂亭阁，翠环绿绕，掩映于包公湖环抱的空蒙、碧澈与波光粼粼之中。

包公祠的大门，以蓝、白、绿为主色调，诠释着崇尚俭朴、不求奢华的风格。一副"春秋有序，人民不亏时彦；宇宙无极，伟业尚待后贤"的楹联，让我们看到了作者站在了历史的高度，高度评价了包公，同时也以现实为起点，期待以后能有超越包拯的人来谱写历史的篇章。

拾级登门而上，傲然挺立的苍松翠柏映入眼帘，清新浓郁的松香柏气扑鼻而来。朱墙碧瓦下，红红紫紫的月季凝珠结玉，含苞静开，用浓郁的芬芳氤氲着这殿堂亭阁的古色古香。

于大门内张望，一座高大的嶙峋奇石奠基而成的玉色亭台飞檐翘角，在包公湖波光粼粼的映照里，辉映着这仿古建筑群的古色古香，颇为典雅，这就是石雕百龙亭。亭下翠柳依依，苍翠欲滴，小桥流水、高山瀑布、精美石雕、嶙峋奇石……优美的景致，相映成趣，掩映如画。

二门即祠门的两边，苍松翠木掩映着戏曲里所提及的："衙门八字朝南开，有理无钱莫进来"的八字门，以此烘托包公的清正廉洁，鞭挞封建社会贪官污吏的贪赃枉法、冤屈的人们无处告

状的黑暗现实，让人们更加怀念和敬仰执法如山、铁面无私的包青天。"德昭古今"的匾额，正是对包公最好的赞扬和评价。

　　沿着青石小径，依花傍柳走进大殿，幽幽华光之下，袅袅香雾缭绕之中，一尊包公蟒袍冠带、端坐于方背靠椅里的铜像，颈正如松，巍然如山，格外引人注目。铜像高达3米多，重达2.5吨，古色古香，端庄肃穆。包公方面宽额，长髯飘胸，一副凛凛不可予夺的威严仪容，一手扶椅，一手握拳，在平稳自然的虎威中似乎有一种让人感到呼之欲出的动势、力威与浩然正气。这是集历史、思想、艺术与传说于一体的包公形象的写照。

　　仰望着包公如山岳般坚毅挺拔的身躯，任何人在他身边都会感觉到自己的卑微与渺小。他那燃烧如火、疾恶如仇的双眼射出

的目光，锋利如剑，锋芒逼人，让那些阴暗、贪婪、凶残、虚伪、险恶之人昭然若揭，断然不敢走进包公祠，更不敢走近包公。

点燃高香，于香雾缭绕中长跪在包公铜像前，双手合十，虔诚地对心中久仰的包公顶礼膜拜，为自己、为子孙，也为社会——渴望包公能将其铁面无私、执法如山的为官之道广播传承于世，让所有的世俗、污秽与贪婪都随袅袅香雾飘散，净化出一个更加和谐与美好的社会。

于《开封府题名记》碑前驻足，让人惊奇的是，碑上所记载的北宋从建隆元年起至崇宁四年止146年内，担任过开封府

知府的 183 位官员的名字和上任时间中，唯独包公的名字模糊不清，缘于前来瞻仰的人们总是情不自禁地去触摸或者指点包公的名字，天长日久，竟在石碑上画出了一条凹痕。这充分反映了包公是多么地受世人的尊敬、爱戴、信赖和崇仰。

　　西展厅内，《国法无亲》《打銮驾》《怒铡亲侄》《出使契丹》《原服赴任》《包河藕》《立碑戒后美名传》等一些壁画故事和一些模型、实物，生动形象地介绍了包公的清德美政。随着对包公的进一步了解，我的崇仰之情也与之俱增。

　　东展厅内，一组《铡美案》蜡像，按照与真人 1：1 的比例，以真人的面部拓模，采用高级彩蜡精制而成。人物形象逼真，神

态生动，毫发俱现，把人物复杂的内心世界刻画得灵活灵现：包公手托乌纱、无所畏惧、坚决要铡掉欺君罔上、杀妻灭子的驸马陈世美；皇姑、国太以手指着包公、盛气凌人、以权压法，试图救下驸马陈世美；陈世美自恃有皇权撑腰，虽被拿下，但仍不服气；秦香莲领一双儿女，表情凝重而复杂，流露出内心的绝望、凄凉、仇恨与渴望伸张正义的情感。包公面前三口铜铡：龙头铡、虎头铡、狗头铡。这三口铜铡分别铡犯罪的皇亲国戚、文武百官和平民百姓。那杀气腾腾的阵势，让至高无上的皇上和阴曹地府里掌管人生死的阎王都会望而生畏。《铡美案》以戏曲、影视等多种形式传唱了千年而经久不衰，充分表达了历代百姓对包公的爱戴和怀念，反映了人们对真善美的向往和追求。

关于包公，从当初最古朴的京剧国粹到今天热播的电视剧，历经千年，人们百看不厌。那朱砂黑的无私铁面孔，那炯炯如

炬、锋利似箭的眼睛，那宽阔的眉宇间光照青天的月牙，那包青天、包大人、包黑子、包黑炭、包相爷等的称谓，已经脸谱化了的包公，经过小说、戏剧、曲艺、评书、民间传说等多种艺术体裁的演绎，已经定型为世人仰慕的一身正气、两袖清风、刚正不阿、执法如山的清廉使者的化身。千百年来，包公一直活在黎民百姓心中。他已经成为一种图腾、一种崇拜、一种理想、一种信仰、一种希望、一种寄托。无论时间如何推移，无论王朝如何更迭，无论社会制度、意识形态如何变迁，无论天下谁主沉浮，包公精神，已穿越了时空，突破了社会、阶级的局限，青天明月般地闪耀着不朽的光辉，带给人们一种至高无上的美好信仰。

瞻仰了包公祠，包公精神让我更加崇仰。离开了包公祠，渴望千千万万的包公走进人间，共铸社会的和谐与辉煌。

再进大相国寺

  时间有条不紊地穿梭着生命的日日夜夜。今天再次走进大相国寺，与第一次去，仿佛是弹指一挥间，却跨越了二十年。两次游览，时光的流逝带给我不同的感慨。

  大相国寺位于河南省开封市自由路西段路北，该寺历史悠久，是我国汉传佛教十大名寺之一，在中国佛教史上有着重要的地位和广泛的影响。

  走进大相国寺，你会被寺内的古色古香的建筑所吸引。寺内主要建筑有天王殿、大雄宝殿、罗汉殿和藏经楼。天王殿北边是一片花园假山，景致幽雅，颇有"曲径通幽处，禅房花木深"之妙。再往北走，便是赫赫有名的正殿——大雄宝殿。大殿重檐斗拱，雕梁画栋，金碧交辉。大殿周围是青石栏杆，雕刻着几十头活灵活现的小狮子，十分招人喜欢。过了大雄宝殿，便是罗汉殿了，俗称"八角琉璃殿"，它结构奇特，系八角回廊式建筑，别具一格，世所罕见。殿内回廊中有大型群像"释迦牟尼讲经会"，五百罗汉姿态各异，造型生动，他们或在山林之中，或在小桥流水间，或坐或卧，或仰头，或俯首，形态逼真，情趣无限，堪称艺术杰作。藏经楼位于整个寺院的后半部，这是一座两层楼阁的建筑，雕梁画栋，富丽堂皇。

还没走进大相国寺的大门，我已请好高香，此时的我，仿佛久已盘踞心中。我在天王殿、大雄宝殿、罗汉殿逐一顶礼膜拜，以最虔诚的心把自己的祈求与夙愿禀明于佛，以渴望佛祖的恩赐

与点化，来求得心灵的安宁和慰藉。

游览着佛家重地，一位在花丛里摘花瓣的小姑娘，把我带到1987年的秋天，那时我读师范三年级，到开封的一所幼儿园去见习，在老师的带领下，我们游览了大相国寺。

那年我18岁，正值青春焕发的年龄，心中没有佛的概念。在大相国寺内，我们那帮天真可爱的小姑娘，没有去烧香，没有去拜佛，没有被古建筑所吸引，也没有被佛像所牵动。我们尽情地陶醉于花草树木的诗情画意里，被商铺内一件件可爱的小饰品牵绊了脚步。

同学们说说笑笑，像一群欢快的小鸟，怡然自得地游玩于寺内。逡巡四顾，见没有管理员的注视便抬手迅速摘下一片树叶抑或是花瓣，小心翼翼地夹在笔记本里，然后装作若无其事地走开，生怕被管理员发现而受责备或被罚款。

在一个又一个的商铺转来转去，不厌其烦地询问着自己所喜欢的小饰品的价格，大多终因囊中羞涩而遗憾地离开。

时光的流水早已漂洗掉珍藏在笔记本里的那些树叶或是花瓣标本的颜色，可它们却静静地躺在那里，雕刻着时光，再也找不到了当初安置它们的那个清纯少女。

如今再次走进大相国寺，当初那个亭亭玉立的清纯少女，如今已是体态丰满、满脸沧桑的中年女人。

再望一眼寺内那个欢笑嬉戏着的清纯少女，一头乌丝在阳光下，宛若黑绸缎一般柔润而飘逸。一阵微风吹来，吹乱了我的头发，我本能地抬起被沧桑岁月磨砺得粗糙的手，拢了拢干枯的头发，又一次意识到枯槁的鬓角间早已夹杂了华发，在阳光下必将异常刺眼。

再望一眼那个清纯的少女，她活泼、开朗、清纯、青春；再看看自己，脸上、眼里写满了疲惫、沧桑、无奈、俗气，甚至是猥琐。

我的青春在哪里？谁能为我的青春出证？

时间的流水早已冲走了我的青春，沧桑岁月的磨砺早已让我把佛安放在心中，于红尘里，只想在佛教的随心、随性、随缘里寻得心灵的一方净土，觅到心里的一片安宁。虔诚膜拜之余，我的脑海里蓦然闪现出两位把我引入佛门的作古的慈善老人——我的祖父母。

第一次走进大相国寺的时候，心里虽然没有佛的概念，但我清楚地知道，佛一直扎根在奶奶心里，是奶奶一心向善的引领。爷爷辛苦了一辈子，为儿孙们付出了全部的心血和汗水，家和亲人牵绊了他的脚步，让他一生都未走出自己生活的地域。

望着寺内古色古香的宏伟建筑，看着尊尊佛像，那个学生时代的我，曾暗暗发誓：等我参加了工作，有了固定的收入，我一定要带着两位老人到开封看看古都，看看大相国寺——让爷爷欣赏一下寺内的古建筑，开阔一下眼界，让信了一辈子佛的奶奶把内心的虔诚向佛当面言表。

毕业后工作，结婚，生子。一切都顺理成章，一切都有序进行，一切都按部就班。生活的沧桑一点一点磨砺掉了我的浪漫情怀，同时，也吞噬了我曾经的誓言。如今，祖父母都已去世多年，我不得不于寺院内的佛祖面前哀叹着"树欲静，风不止；子欲养，亲不待"的遗憾。

两次走进大相国寺，不同的时间，不同的感慨，时光的列车也把我载到不同的彼岸。

一袭欣喜，一袭清愁

　　"黄河情"活动采风车驰骋在曹县宽敞的柏油大道上，我坐在靠车窗的位置，睁大眼睛静静地隔着车窗观赏着沿途的风景，想以某一处风景或是建筑物为切入点，找回我曾经生活过的这个城市的有关记忆。

　　采风车载着我的思维飞驰，满目的景致除了陌生还是陌生。我努力地打捞着记忆，可怎么也找不到二十年前的任何影子。这里的变化让我感到惊异：宽敞的柏油大道取代了昔日的泥泞小路，林立的楼房取代了昔日低矮的平房，葱郁的绿化苗木取代了

昔日单一的白杨树，路上
川流不息的汽车取代了
昔日的地排车和机动三
轮车……

采风车沿着长江路自
东往西行至金凤桥旁停了
下来。

金凤桥横跨在四季
河上，与长江路重叠着。
它是一座新建的石桥，桥
南、北两边防护栏的石板上，各有"金凤桥"三个镏金大字，北
面朝阳的三个大字在阳光下闪着熠熠金光，格外醒目耀眼。整座
大桥像是用清一色的石头建成：石桥墩、石桥柱、石桥台、石桥
栏、石桥面……大桥气势宏伟，美观大方。从建筑格局来看，它
既不失现代桥梁的豪华大气，又兼具古代桥梁的古朴典雅。桥上
的行人、车辆川流不息，桥下的流水清澈碧澄，淙淙流淌；桥倒
映在水中，水浣洗着桥的倒影，桥与水就这么默契地相守着，在
四季的交替里送走一个又一个过往的日子，默默地书写着属于自
己的历史。

手扶桥栏探身俯视水中，我与桥的倒影一起随秋风荡漾在水
中……望着水中的倒影，我蓦然想起卞之琳的《断章》："你站在
桥上看风景 / 看风景的人在楼上看你 / 明月装饰了你的窗子 / 你装
饰了别人的梦。"这漫无边际的联想，让我不禁哑然失笑——不
知道怎么居然把站在桥上的自己和卞之琳意蕴丰富的朦胧诗联系
在一起？我失笑的同时，不免又自嘲起来：自己一个体态丰润的

中年女人，怎么会一如妙龄少女般地浮想联翩？在楼上看风景的人纵然再多，也不会有人注意到站在桥上的我；夜晚的明月再皎洁，我纵然也装饰不了任何人的梦境。可抛开卞之琳的朦胧诗不说，仅仅是这水中悠悠荡漾的倒影，就足以让人陶醉在如诗的意境里，如画的美丽中。

置身金凤桥上举目四望，会让人蓦然有一种置身画中抑或是误入仙境的感觉，桥西南方的四季河畔，仿古建筑的马金凤大戏楼傲然耸立，飞檐翘角，古朴典雅。这马金凤大戏楼因豫剧泰斗马金凤的名人效应而得名。目前，它是曹县投资最大的文化产业园项目，也是曹县的地标性建筑。

让视线逆时针旋转着掠过潺潺流水的四季河，抵达长江路以南的四季河以东，泛着秋意的绿荫掩映着一排排高档别墅。这些别墅清一色的粉墙黛瓦，它们既兼具现代建筑的豪华大气，又富含仿古建筑的古朴典雅。据说这风景如画的住宅区里居住的大都是纳税大户。可以想象，这些外观一致的别墅里面，必定是一个

个装潢与布置各异的家庭。居住在这里的人家，想必他们家家都会装潢得富丽堂皇，家家都不必为生活担忧，家家都不会为钱财发愁，家家都过着衣食无忧的生活……但我不知道，居住在这豪宅的人们，他们生活得幸福吗？夫妻恩爱吗？精神愉快吗？……

长江路以北、四季河以东是花园式的绿化带，这里垂柳依依，这里绿树成荫，这里花木掩映……阵阵秋风吹拂，不时有落叶随风飘零，褐黄色的叶子划过时光，静静地落在水中，被流水带走……望着片片落叶，却不曾有萧瑟与凄凉的感觉，倒有一种"满城尽带黄金甲"的诗情意蕴。因了这落叶，潺潺的流水不再清浅与寂寞；因了这落叶，秋水便蕴藉含蓄地欢畅流淌。

四季河的东岸是一条沿河蜿蜒的公路，它与长江路在金凤桥的东端十字交会。绿化苗木染满秋色的叶子呈现出绿色、黄色、褐色、红色、紫色等的色泽。阵阵秋风吹拂，秋叶掀起层层彩色的波浪。这彩色的波浪推着我的思绪无边驰骋——如若在华灯初上的夜晚，漫步在这条沿河公路上，徐徐的清风一如婴儿的小手，柔柔地拂着面颊，潺潺的流水伴着你缓缓慢行，会让你和着心灵的节拍，在这惬意的氛围里，让身心得以放松，让思想得以沉淀，让灵魂得以升华。

四季河在金凤桥北面的水域向西拓宽，那方拓宽的水域中有三两座小岛，岛的四周由砂石水泥砌垒而成，这样的砌垒大抵是为了防止小岛上的泥土流失吧！远远望去，岛在水中、水绕岛行，岛上的绿化苗木秋意浓浓，多彩多姿，整个画面别有一番诗情画意的意蕴。

蜿蜒的河岸由砂石水泥垒砌而成，错落有致，别具风情。岸边有几个垂钓者，手执钓竿，稳稳地坐在岸边，静静地垂钓着一

方水域，垂钓着悠悠时光，也垂钓着自己的心情。岸边的绿化带里，栽植不久的绿化树仿若一个个妙龄少女，亭亭玉立地站立在凹凸有致的河岸上，顶着还不曾茂密的树冠在秋风中摇曳战栗。

视线掠过拓宽的水域，与马金凤大戏楼遥相呼应的是一个现代化的高层楼房居住区。目前，已有几幢拔地而起的高层楼房傲然林立，让整个小区已粗具规模。依稀可辨的建筑吊车、脚手架，还有在高空中劳作的民工等擎起一道别致的空中风景。或许用不了多久，这里将会是整个县城最高档、最别致、最标配的居住区，那一幢幢林立的高楼将会用一种"欲与天公试比高"的姿势，与蓝天白云并肩齐驱，与日月星辰握手言欢。

站在金凤桥上，无论你面朝哪一个方向，目及之处，处处都是优美的风景，处处都有如画的美丽，处处都能给人以赏心悦目的感觉……我悠悠地站在桥上，陶醉在这真实的仙境中，感叹着这改革开放的东风带来的惊喜与巨变。我知道，在政策倾向城市发展的大旗拉动之下，城市的繁荣和发展可谓是日新月异，这曹县新城的繁荣景象仅仅是全国城市发展进程中的一个小小的缩影，是社会发展的冰山一角。这样的扩张，这样的繁荣，这样的进步，这样的发展，会让人看在眼里，喜在心里。

一阵秋风吹来，吹乱了我的头发，也吹乱了我的思绪……一片落叶随着秋风倏然划过眼眸，让我欣喜的内心顿生一种凄凉的感觉，内心深处随之也泛起隐隐的忧伤——如今，社会发展的势态表明：城市正以迅猛的速度在发展、在繁荣、在扩张；而农村也正以同样迅猛的速度在萎缩、在消减、在流失。如若社会将这么一味地发展下去，若干年以后，农村还会存在吗？如果没有了我们曾经生活过的农村，自然也就没有了我们赖以生存的土地；

没有了土地，哪来的粮食？没有了粮食，我们何以生存？

看着那些高级别墅和高层楼房，我的眼前浮光掠影地浮现出我有生以来的住房变化：从低矮的泥土房到砖碱土坯房，从砖碱土坯房到混砖瓦房，从混砖瓦房到二层小楼，从二层小楼到多层楼房，从多层楼房到高层楼房……住房在时光里一步步地演绎着华丽转身的发展史，从这些住房的建筑材料与建筑结构来看，是越来越上台阶、上水平。住房发展的每一个历史阶段，都标志着生产力的发展、社会的进步和人们生活水平的提高。

随着社会的发展，人们渐渐淡忘了老祖宗所说的人接地气有利于健康的古训。随着居住环境的改变，人们离地面越来越高，慢慢地开始了不接地气的空中生活。现在，如若居住在高层楼房的顶层，站在自己家的阳台上，就大有可摘星揽月的意蕴。当你在这种登高望远的优越里沾沾自喜的时候，你可否想过，万一遇上诸如地震之类的自然灾害时，我们将何以逃生？

　　住房的发展日新月异，但是，如果你深入贫困山区，抑或是落后农村，你会不难发现：我前面提到的那六种住房依然并存于社会生产力迅速发展的今天。是那些居住老住宅的人们心怀恋旧情结而想让自己的老房屋永远地成为一个时代的见证吗？不！是贫穷！因为贫穷，他们故而只能把岁月的叹息固守在老住宅里。或许，他们叹息的同时，甚至还要为一家人的生计而发愁。

　　诸如眼前的这些小县城的豪华别墅或高层楼房一平方米的价格，或许要高于在黄土地上刨食的农民兄弟一年的人均收入抑或是全家人的总收入。按这样的收入来计算，我们的农民兄弟如若离开了农村而丧失家园，他们将何年何月何日何时才能买得起一栋哪怕是只能容身的高级别墅或是高层楼房？

　　在贫富分化日益加剧的今天，对于富人来说，一栋豪宅的价钱不过是一个区区小数，是他们财富的九牛之一毛，而对于那些贫困的人们来说，那将是一个望尘莫及的天文数字。

　　萧瑟的秋风不停地吹拂，吹得我的思绪比头发还乱，将我初见曹县新城风景如画的欣喜，吹成了一袭莫名的清愁。这隐隐的清愁于无形之中拉紧了我的神经，触痛了我的心灵……

◎邹爱武 摄

十里画廊

　　张家界之旅归来，十里画廊美景的震撼，久久缭绕于心，如同我儿时迷恋的一册连环画，在我脑海的荧屏上来回放映，让我醉倒在那"五步一景，十步一奇"的大自然的神韵里。

　　十里画廊位于湘西索溪峪景区，是该景区内的旅游精华，属喀斯特地貌。

　　烟雨迷蒙的深秋，我们"十朵金花"旅行团的娘子军们冒雨来到十里画廊。站在山脚下，远远望去，山林间雨雾缭绕，山迷

◎ 邹爱武 摄

◎ 邹爱武 摄

茫在雨雾里，雾缠绕在山峰巅，兀立的群峰像娇美的新娘，身着雨雾婚纱，缥缥缈缈，若隐若现，让我们疑似误入了仙境。

我们放弃坐小火车的悠然闲适，徒步行走在青石板铺就的小路上，路的两侧林木葱茏，野花飘香，满山红叶，秋果挂枝；奇峰林立，怪石嶙峋，千姿百态，像一帧巨大的山水长卷，悬挂在千仞绝壁之上，令秀美绝伦的自然奇观融进油画大师的水墨丹青之中。似物、似鸟、似兽、似人……形态各异的造型，天机独运，浑然天成。步入其境，如在画中。

大自然的奇峰异石、鬼斧神工赋予人们无尽的遐思。

十里画廊约30米处，有一石峰恰如一老寿星迎面站立，五官轮廓分明：短头发，长眉毛，眼睛深邃，笑容可掬。他左手高高扬起，像是在招呼来自远方的游客。寿星形神兼备，堪称奇观，这便是"寿星迎宾"的奇景。

继续前行，不远处有一高达百米的石峰侧身而立，活像一位腰身佝偻的老人，头戴方巾，身着长衫，背着满满一篓草药。背篓中斜生一棵杂树，若药锄倒置。两目炯炯逼视对山，若有所思，亦似含惊喜之状，好像突然发现奇药现世，像是药王"孙思邈"悠然采药此山中。这便是采药老人或老人岩，是十里画廊著名的景观之一。

自画廊向西展望，有两座由高到低、南北走向的山峰，远望，俨然是一只高昂着头向天长啸的猛虎。这就是十里画廊有名的景观"猛虎啸天"。

有两尊贴身并立的岩峰，左侧一峰高耸而刚，右侧一峰纤低而柔，酷似一对久别重逢的夫妻在互诉衷肠，故名"夫妻岩"。他们俨然是一对恩爱夫妻，任凭岁月流逝，任凭寒暑更替，任凭

风吹雨打，任凭电闪雷鸣，无论怎样都不能将他们分开，他们已在岁月的深处，风化成了永恒的恩爱雕像，给前来旅游的人们树下恩爱的榜样。仔细看去，丈夫满脸笑容，亲昵地凝视着妻子，嘴唇微张，笑靥微露，像是在对妻子窃窃私语。那含笑敛容的妻子，身略前倾，秀眉低垂，深情地依偎在丈夫怀里。在这深山密林里，他们无视游人的指指点点与议论纷纷而旁若无人地固守着"采菊东篱下，悠然见南山"的悠然闲适。

行至小火车轨道的尽头，向南天门对面望去，可见三座瘦削石峰，形如美女，亭亭玉立，故名"三女峰"。三姐妹中，前面怀里抱着孩子的大姐，像是回头与手里捧着小孩和腆着大腹的妹妹们拉着家常，相约一起行走在回娘家的路上。

雨过天晴，碧空如练，峡谷如洗，仙雾溟蒙，山林群峰宛若出水芙蓉，把悠悠蓝天衬托得空蒙而高远。

十里画廊之旅，令我不由得感叹：看不完自然瑰丽之景观，想不尽造化神奇之奥妙。人在自然面前卑微而渺小，顺应自然才是做人的真谛。

寻找春天

随着日历的翻飞，又到了阳春三月，气候温暖，万木苍翠，百花盛开，一个欣欣向荣的季节循着四时更替的脉搏，放歌于岁月的枝头。

结束了喜宴，上班尚早，却又不想再折腾着回家。在这阳光明媚、风和日丽的春日，我和三个女同事不谋而合——到郊外去春游，融入大自然的怀抱，探索春天的秘密，寻找心中遗失的春天。

走出月明珠大酒店，JL 开车拉着我们一路西行。我们把车窗

玻璃都摇落下来，让明媚的阳光洒进来，让舒爽的春风吹进来，让春风春阳拂去我们春日的慵懒和疲惫，带给我们无限的温暖和润泽。

沿中华路西行不多远，我们就被绿化带里的幽美景色所吸引：嫩绿的三叶草丛里托出的碧桃树，纵情地绽放着一树树、一丛丛、一簇簇姹紫嫣红的碧桃花，如火如荼，如绸似锦，烈焰奔腾。"残红三千树，不及一朵鲜"，一朵鲜花尚且就能让人赏心悦目，而当我们面对这满目缤纷绚烂的鲜花时，我们陶醉得忘乎所以。面对此情此景，几个平日里能言善辩的小女子竟一时忘却了所有用来形容这繁花似锦的清词丽句，只得语无伦次地惊异惊叹：呀！真好！真美！

路旁的树木在春风里摇曳生姿，舞动着春天的曼妙。垂柳的万千枝条柔柔地垂下来，像是在纵情地垂钓着大地。阵阵春风拂动，枝条婀娜摇曳，让人忍不住想起洗发用品的广告里，那美女一甩秀发的美丽。嫩绿的柳叶与绿中带黄、黄中泛绿的柳絮有序地排列在枝条上，相映生辉，仿若是春天的音符，在枝条的五线谱上弹奏着春天的强音。白杨树的叶子有的如同孩童的巴掌，在春风里鸣吟击掌；有的如同褐红色的蝴蝶盈满枝条，在微风里蹁跹而舞……雌性的白杨树，吐出一树毛毛虫般的杨穗儿，那是白杨树的花。盛开的杨花上裹着一层毛茸茸的杨棉，精灵般地演绎着白杨树春天的童话。法桐树嫩绿的小叶儿，如同数不清的黄绿色蝴蝶抱紧枝条，簇拥着黄色的法桐圆球，摇碎一地春光，在遮天蔽日的梦里飞翔。

路边地头到处都有散碎怒放的油菜花，用金黄给大地涂上泼辣的亮色，宛似热烈的希望，装饰春天的风景。一片片零碎的黄彩，闪烁诱导，让人忍不住浮起快意，拂去了心底的阴郁。春风拂动，油菜花浓浓的清香氤氲弥漫，令我们情不自禁地来几个深呼吸，那沁人心脾的舒爽会让你欣然醉倒在春天里。

我们在昆明路东面的一片果园处停下车，平日讲究爱美的女子，此时，谁还会在意阳光的毒辣，紫外线的强烈；谁还会顾及脚上的皮鞋擦得锃亮，如同天真烂漫的孩童，无所顾忌地踏进松软的泥土里，陶醉在大自然的怀抱里。

春风阵阵吹拂，麦苗掀起层层绿浪，婉约成春天独有的绿色恋曲。潜心静听，你会听到小麦拔节的声音与春风和鸣。这优美的天籁沐浴着春光，悠悠然然地谱一阕春之曲，奏一曲绿之歌。

"梨花千树雪"，是唐代大诗人李白的诗句，把梨花的素雅与白雪的纯洁巧妙地联系在一起。时值梨花怒放时，远看那一树树绽放的梨花如云似雪，近观嫩绿的小叶簇拥着娇艳洁白的花

朵。万千梨花在春光里激情怒放，每一朵梨花都开得那么认真细致，那么纯洁灿然，那么娇艳欲滴，那么热情奔放，把纯美缀在春天的枝头，用绽放书写季节的诗行。

一片片、一簇簇、一丛丛迟开的桃花云蒸霞蔚，激情绽放。极目远眺，层层花浪浮在蓝天下，美得触目惊心，美得轰轰烈烈，美得已不能再美。近观则有嫩绿的细叶映衬着嫣红的花朵，缤纷的花瓣宛若春天平平仄仄的韵脚。品赏着古人"人面桃花相映红"的诗句，透过三月的枝头，谁还能分得清，那娇艳烂漫的究竟是人面还是桃花？

我们所到的风景独好处，哪里还管它有尘有土，一个个纵情地或立或坐，或卧或躺，恣意夸张地舞首弄姿，迅速按动快门，用相机把这春天的瞬间之美定格成永恒。为了让笑脸嵌入怒放的花丛，JL 和 QC 爬上低矮的树丫，我和 FC 快速举起相机，从不同的角度抢拍下她们爬树时的笨姿拙态。我虽然明明知道，如若是换成自己，肯定是比她们还要笨拙，还要可笑，但是，我还是忍不住捧腹大笑，这笑声是那么的纯粹，那么的真实，那么的发自肺腑。此刻，我们置身田野，一改平素的沉稳与庄重，仿佛忘却了身份与年龄，又回到了孩提。我们一个个纵情地放松自己，无所顾忌地相互追逐、嬉戏、打闹……这走出家门的春游，让我们感到了前所未有的舒爽和愉悦，那欢声笑语的分贝，璀璨了一树又一树缤纷的花朵。

激情拍下的春游照片，虽然是丑态百出，但是，我们却舍不得删掉一张。那些照片，每一张照片里都散发着春天的气息，每一张照片里都隐藏着一阵欢声笑语，每一张照片里都有一个精彩的故事，每一张照片里都有我们难忘的记忆。

放牧春天

固守着家与单位之间的两点一线，穿梭于繁华的闹市，目光所及的是林立的高楼、四季常青的花草树木和车水马龙的景象，凭着衣服的增减感知季节的变换。

和同事事先约好下午下班后去逛街。一到下班时间，我和几个女同事就急急忙忙地骑着电车，说说笑笑地走出了单位大门。

"你们快看啊，油菜花开了！"刚出大门，大家的目光不知被谁惊讶的喊叫声牵引到路旁的一小片油菜地里，像发现新大陆一样欣赏着那一小片油菜花——碧绿的枝叶簇拥着金黄的花朵，

像妩媚的少妇摇曳着遮遮掩掩的羞涩，舞蹈在春风里。

虽然单位乔迁新址已近三个多月了，但是，我们在上下班的匆匆忙忙里，对于路边的景致依然是视而不见。正是那一小片儿的油菜花唤醒了我们心中沉睡的春天，我们都不约而同地减慢了车速。逆着温暖的春阳，顺着一条东西走向的田间阡陌远远眺望，绿海深处，朦朦胧胧有一片粉红跃入我的眼帘，直觉告诉我那是一片盛开的花海。

我兴奋地喊着同事们停下车来，把自己发现的又一"新大陆"指给她们看，有人和我一样惊奇，有人则因视力不好而戏说我是"千里眼"。

缘于那片粉红的花海的召唤，我和几个女同事一拍即合——取消了原来的逛街计划，到田野里去踏青，寻觅心中丢失的春天。

望着春阳斜照的光芒一朵朵地在指尖上绽放，嗅着春天的气息在我们周身弥漫，感受着春风拂面的惬意，温暖和春意在我们心中悠然荡漾。

沿着松软的田间小路缓行，我们蓦然发现：路旁垂柳的枝条早已泛青，在春风的拂动下，像腰身柔软的少女翩然舞蹈在春风里；枝头三三两两的小鸟鸣啾跳跃着春天的动感；远处的麦田在微风的拂动下，泛起一层层的绿波；洁白的梨花、粉红的桃花、粉白的杏花、金黄的油菜花竞相绽放在春天的枝头，簌簌的花瓣在阵阵春风的吹拂下，舞动着缤纷落英的画面；许多叫不出名字

◎ 杨青雷 摄

的野草野菜，一簇簇、一团团、一片片地挤在田埂地头，热热闹闹地簇拥着春天，那抹鲜活的绿色，醉了春风，醉了春意，也醉了我们的心情。

渐渐地，那片朦胧妩媚的花海越来越近，那是昆明路两旁绿化带里的榆叶梅用激情的怒放来拥抱春天。

嗅着阵阵花香，置身于那片花海，看着那一串串、一树树缤纷的花朵，我心里有说不出的喜悦，遗憾没有随身带来相机。我们兴奋得全然不顾路人的目光，尽情簇拥着花朵，纵情地摆弄着不同的姿势，用手机把笑容定格在春天的永恒里。

走出那片榆叶梅花海，我们无心顾及平日里擦得锃亮的皮鞋，无所顾忌地踏进松软的土地里，欢呼雀跃地来到油菜地、梨树旁、杏树边，让笑容和花朵一起绽放在春天。

站在田野里放牧春天，我们既有雾里看花的朦胧，也有旁观尘世的清醒，更是找回了我们掩藏于内心的真实。